名探偵コナン ゼロの執行人《しっこうにん》

起爆

起《お》きた大《だい》爆《ばく》発《はつ》!!

煙《けむり》の中《なか》から現《あらわ》れたのは……?

犯人《はんにん》として逮捕《たいほ》されたのは、
なんと"眠《ねむ》りの小五郎《こごろう》"!?

国際会議場《こくさいかいぎじょう》で

公安警察《こうあんけいさつ》相手《あいて》に戦《たたか》う不利《ふり》な条件《じょうけん》の
小五郎《こごろう》の弁護《べんご》を引《ひ》き受《う》けたのは、
連戦連敗《れんせんれんぱい》の弁護士《べんごし》、橘境子《たちばなきょうこ》。

「毛利《もうり》小五郎《こごろう》を起訴《きそ》しなさい」

対《たい》するは、
負《ま》けず知《し》らずの
敏腕検事《びんわんけんじ》、日下部《くさかべ》。

仕《し》掛《か》けたのは誰《だれ》？

小五郎《こごろう》を追《お》い詰《つ》める公安《こうあん》と安室《あむろ》……
その思惑《おもわく》は？

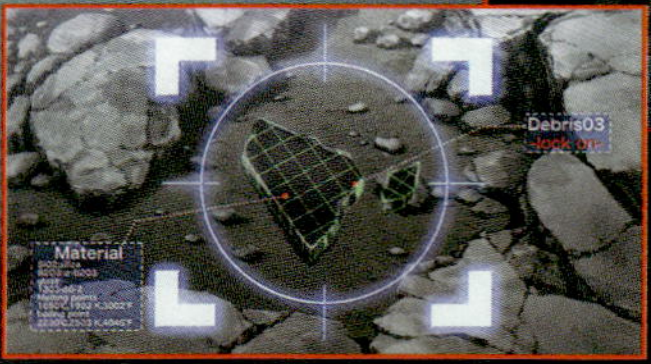

小五郎《こごろう》と蘭《らん》のために
独自《どくじ》の捜査《そうさ》を進《すす》める
コナンと灰原《はいばら》だが!?

小五郎《こごろう》にワナを

安室《あむろ》や橘《たちばな》に接触《せっしょく》する
公安《こうあん》の風見《かざみ》……。

「君《きみ》の言《い》う、
安《あ》室《むろ》という男《おとこ》は人《ひと》殺《ごろ》しだ!」

安室《あむろ》の真意《しんい》を
測《はか》りかねる
コナンは……。

警

が警《けい》視《し》庁《ちょう》に落《らっ》下《か》!?

落

無《む》人《じん》探《たん》査《さ》機《き》〈はくちょう〉が
犯《はん》人《にん》によって制《せい》御《ぎょ》不《ふ》能《のう》に!?
爆《ばく》破《は》事《じ》件《けん》との関《かん》連《れん》は?

アクセスコードを聞《き》き出《だ》すため、
犯《はん》人《にん》の元《もと》へ急《いそ》ぐコナンたち……。

無力

無《む》人《じん》探《たん》査《さ》機《き》のカプセル

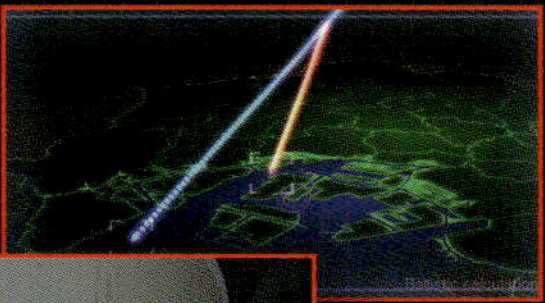

しかしカプセルは避難者《ひなんしゃ》のいる
エッジ・オブ・オーシャンへ……!?

「こんどは僕《ぼく》の
協《きょう》力《りょく》者《しゃ》になってもらうよ!!」

蘭《らん》と3万《まん》人《にん》の命《いのち》を
救《すく》えるか——?

CHARACTERS

毛《もう》利《り》小《こ》五《ご》郎《ろう》
Kogorō Mōri

江《え》戸《ど》川《がわ》コナン
（工《く》藤《どう》新一《しんいち》）
Conan Edogawa

安《あ》室《むろ》 透《とおる》
Tōru Amuro

灰《はい》原《ばら》 哀《あい》
Ai Haibara

毛《もう》利《り》 蘭《らん》
Ran Mōri

円《つぶら》谷《や》光《みつ》彦《ひこ》
Mitsuhiko Tsuburaya

吉《よし》田《だ》歩《あゆ》美《み》
Ayumi Yoshida

小《こ》嶋《じま》元《げん》太《た》
Genta Kojima

名探偵コナン
ゼロの執行人

水稀しま／著
青山剛昌／原作　櫻井武晴／脚本

★小学館ジュニア文庫★

オレは高校生探偵《こうこうせいたんてい》、工藤新一《くどうしんいち》。

幼《おさな》なじみで同級生《どうきゅうせい》の毛利蘭《もうりらん》と遊園地《ゆうえんち》に遊《あそ》びにいって、黒《くろ》ずくめの男《おとこ》の怪《あや》しげな取《と》り引《ひ》き現場《げんば》を目撃《もくげき》した。

取《と》り引《ひ》きを見《み》るのに夢中《むちゅう》になっていたオレは、背後《はいご》から近《ちか》づいてくるもう一人《ひとり》の仲間《なかま》に気《き》づかなかった。オレはその男《おとこ》に毒薬《どくやく》を飲《の》まされ、目《め》が覚《さ》めたら——体《からだ》が縮《ちぢ》んで子供《こども》の姿《すがた》になっていた!!

工藤新一《くどうしんいち》が生《い》きていると奴《やつ》らにバレたら、また命《いのち》を狙《ねら》われ、周《まわ》りの人《ひと》にも危害《きがい》が及《およ》ぶ。だからオレは阿笠博士《あがさはかせ》の助言《じょげん》で正体《しょうたい》を隠《かく》すことにした。

蘭《らん》に名前《なまえ》を訊《き》かれてとっさに『江戸川《えどがわ》コナン』と名乗《なの》り、奴《やつ》らの情報《じょうほう》をつかむために、父親《ちちおや》が探偵《たんてい》をやっている蘭《らん》の家《いえ》に転《ころ》がり込《こ》んだ。

小《ちい》さくなったオレの今《いま》の同級生《どうきゅうせい》——小嶋元太《こじまげんた》、円谷光彦《つぶらやみつひこ》、吉田歩美《よしだあゆみ》、それに、灰原哀《はいばらあい》。

灰原《はいばら》の本当《ほんとう》の名《な》は、宮野志保《みやのしほ》。黒《くろ》ずくめの組織《そしき》の科学者《かがくしゃ》で、オレが飲《の》まされた毒薬《どくやく》『APTX4869《アポトキシン》』を開発《かいはつ》した。だが、ただ一人《ひとり》の姉《あね》を殺《ころ》され、組織《そしき》に反抗《はんこう》した灰原《はいばら》は自《みずか》らの命《いのち》を絶《た》つためにその薬《くすり》を飲《の》んだところ、体《からだ》が縮《ちぢ》んでしまった。今《いま》は組織《そしき》の目《め》を逃《のが》れるために阿笠博士《あがさはかせ》の家《いえ》に住《す》んでいる。

そして、謎《なぞ》に包《つつ》まれた黒《くろ》ずくめの組織《そしき》の一員《いちいん》――バーボンこと安室透《あむろとおる》。本名《ほんみょう》、降谷零《ふるやれい》。その正体《しょうたい》は、公安警察《こうあんけいさつ》を指揮《しき》する警察庁警備局《けいさつちょうけいびきょく》の秘密機関《ひみつきかん》『ゼロ』に所属《しょぞく》する警察官《けいさつかん》。それをカモフラージュするために、今《いま》は毛利探偵《もうりたんてい》の見習《みなら》いをしながら、『喫茶《きっさ》ポアロ』で働《はたら》いている謎《なぞ》の多《おお》い男《おとこ》……。

小《ちい》さくなっても頭脳《ずのう》は同《おな》じ。迷宮《めいきゅう》なしの名探偵《めいたんてい》。真実《しんじつ》はいつもひとつ！

1

四月下旬《しがつげじゅん》。新緑《しんりょく》が芽吹《めぶ》き、さわやかな緑《みどり》に覆《おお》われた阿笠邸《あがさてい》の庭《にわ》に、コナンたち少年探偵団《しょうねんたんていだん》のメンバーは集《あつ》まっていた。

芝《しば》の上《うえ》には八《やっ》つのプロペラが付《つ》いたラジコン——通称《つうしょう》ドローンが置《お》かれていて、阿笠博士《あがさはかせ》がコントローラを操作《そうさ》すると、雲一《くもひと》つなく晴《は》れ上《あ》がった空《そら》を一気《いっき》に舞《ま》い上《あ》がった。

「すごーい！」

「あっという間《ま》に飛《と》んでったぜ！」

吉田歩美《よしだあゆみ》と小嶋元太《こじまげんた》が興奮《こうふん》しながらドローンを見上《みあ》げていると、円谷光彦《つぶらやみつひこ》は持《も》っていた双眼鏡《そうがんきょう》を目《め》に当《あ》てた。

「ずいぶん高《たか》く飛《と》ぶんですねー」

「あ！　オレにも見《み》せろよ!!」

「あたしにも～！」

光彦《みつひこ》の元《もと》へ駆《か》け出《だ》す元太《げんた》と歩美《あゆみ》のそばで、ドローンを操作《そうさ》する阿笠博士《あがさはかせ》はムフォフォフォ……と得意《とくい》げに笑《わら》った。

「高度《こうど》一万《いちまん》メートルを三十分《さんじっぷん》飛行《ひこう》できるんじゃぞ！」

と自慢《じまん》しながら、空高《そらたか》く飛《と》んでいくドローンを上下左右《じょうげさゆう》に動《うご》かす。建物《たてもの》の窓《まど》に寄《よ》りかかっていたコナンは、その姿《すがた》をややあきれた顔《かお》で見《み》つめていた。

（そりゃドローン世界記録《せかいきろく》だろうけどさ……）

「にしても、そんな高度《こうど》でどうやって操縦《そうじゅう》するんだ？」

「衛星《えいせい》の通信《つうしん》を使《つか》ってるのよ」

背後《はいご》で声《こえ》がしてコナンが振《ふ》り返《かえ》ると、リビングにいた灰原哀《はいばらあい》がいつの間《ま》にか窓際《まどぎわ》に来《き》ていた。

「だから離《はな》れていても操作《そうさ》できるの」

「ふーん」

二人《ふたり》の会話《かいわ》に阿笠博士《あがさはかせ》が気《き》づいて振《ふ》り返《かえ》った。

「機体《きたい》から送《おく》られてくる映像《えいぞう》と緯度《いど》・経度《けいど》のデータを頼《たよ》りに飛《と》ぶんじゃが、方向《ほうこう》、速度《そくど》、カメラの操作《そうさ》を三《みっ》つ同時《どうじ》にせにゃならんので難《むずか》しくてのぉ」

そう言《い》いながら、コントローラの液晶《えきしょう》モニターに映《うつ》る風景《ふうけい》とデータを見《み》て、せせこましく親指《おやゆび》を動《うご》かす。

「でも、なんでこんなドローン作《つく》ったんだ？」

コナンが問《と》いかけると、阿笠博士《あがさはかせ》は「なんでって……」と再《ふたた》び振《ふ》り返《かえ》った。

「そりゃ男《おとこ》のロマンじゃよ！　これがあればエベレストに登《のぼ》らんでも、登《のぼ》った気《き》になれるじゃろ？」

雄大《ゆうだい》にそびえ立《た》つエベレストをドローンに吊《つ》られながら見下《みお》ろす自分《じぶん》の姿《すがた》を想像《そうぞう》した阿笠博士《がさはかせ》は、ヌオッホッホ……とほくそ笑《え》む。

「気味《きみ》の悪《わる》い笑《わら》い方《かた》ね」

コナンも灰原《はいばら》に同感《どうかん》だった。

（てか、いろんな法律《ほうりつ》に触《ふ》れそうな発明《はつめい》だな……）

コナンが心《こころ》の中《なか》で突《つ》っ込《こ》むと、リビングのテレビからアナウンサーの声《こえ》が聞《き》こえてきた。

『さて、ＣＭ《シーエム》の後《あと》は開催迫《かいさいせま》る東京《とうきょう》サミットの最新情報《さいしんじょうほう》をお送《おく》りします』

東京《とうきょう》サミットか――コナンはテレビ画面《がめん》をチラリと見《み》た。アメリカやイギリスなど主要《しゅよう》国《こく》の首脳《しゅのう》が集《つど》う会議《かいぎ》が、東京《とうきょう》で来週行《らいしゅうおこな》われるのだ。

庭《にわ》の通用口《つうようぐち》から室内《しつない》に入《はい》ったコナンは、リビングのソファに座《すわ》ってテレビを見始《みはじ》めた。向《む》かいのソファには灰原《はいばら》も座《すわ》っている。

『サミットはこちら、東京湾《とうきょうわん》の埋立地《うめたてち》にある統合型《とうごうがた》リゾート〈エッジ・オブ・オーシャン〉の国際会議場《こくさいかいぎじょう》で来週行《らいしゅうおこな》われます！』

CM《シーエム》が終《お》わるとワイドショーは中継《ちゅうけい》に切《き》り替《か》わり、大《おお》きく手《て》を振《ふ》った女性《じょせい》リポーターがその手《て》を後方《こうほう》に建《た》つ巨大《きょだい》な楕円形《だえんけい》の建物《たてもの》に向《む》けた。

『来月開業《らいげつかいぎょう》を予定《よてい》している〈エッジ・オブ・オーシャン〉は、臨海都市《りんかいとし》にふさわしく水《みず》をふんだんに取《と》り入《い》れてデザインされた多種多様《たしゅたよう》な施設《しせつ》で構成《こうせい》されています』

映像《えいぞう》が切《き》り替《か》わって〈エッジ・オブ・オーシャン〉の全体図《ぜんたいず》が映《うつ》った。ショッピングモールを中心《ちゅうしん》に道路《どうろ》が放射状《ほうしゃじょう》に広《ひろ》がり、さまざまな形《かたち》をした建物《たてもの》が建《た》ち並《なら》ぶ。さらにその周囲《しゅうい》には建設中《けんせつちゅう》の高層《こうそう》ビルが見《み》える。その中《なか》でもひときわ目《め》を引《ひ》くのは、巻《ま》き貝《がい》のようなせんのモチーフをデザインにとり入《い》れたタワーだ。天高《てんたか》くそびえ建《た》つタワーからは何十本《なんじっぽん》ものワイヤーが伸《の》びて、放射状《ほうしゃじょう》に張《は》られている。

『貝殻《かいがら》をモチーフに作《つく》られたカジノタワーは、海《うみ》の安全《あんぜん》を守《まも》る灯台《とうだい》の役割《やくわり》も果《は》たしており、

〈エッジ・オブ・オーシャン〉を一望《いちぼう》することができます。また、カジノタワー近《ちか》くにあるショッピングモールには大《おお》きな滝《たき》や空中庭園《くうちゅうていえん》が配置《はいち》され、訪《おとず》れる人々《ひとびと》に安《やす》らぎのひとときを感《かん》じさせます。そして、もうひとつのコンセプトが〈和《わ》〉。国際会議場《こくさいかいぎじょう》の内装《ないそう》には日《に》本庭園《ほんていえん》の様式美《ようしきび》が取《と》り入《い》れられていて、一階《いっかい》にはおしゃれなレストランも併設《へいせつ》されています。さらにこちらをご覧《らん》ください！』

スタジオの女性《じょせい》アナウンサーの声《こえ》と共《とも》に、庭園《ていえん》と池《いけ》が見《み》えるレストランから高架線路《こうかせんろ》の映像《えいぞう》に切《き》り替《か》わり、奥《おく》からモノレールが走《はし》ってきた。

『敷地《しきち》の外周《がいしゅう》を周回《しゅうかい》している上下二層構造《じょうげにそうこうぞう》のモノレール！　まさに伝統《でんとう》と未来《みらい》が融合《ゆうごう》したスマートシティの雰囲気《ふんいき》を醸《かも》し出《だ》しています』

画面《がめん》は再《ふたた》び〈エッジ・オブ・オーシャン〉の全体図《ぜんたいず》に戻《もど》り、女性《じょせい》アナウンサーが埋立地《うめたてち》から伸《の》びた二本《にほん》の橋《はし》を指《さ》した。

『ご覧《らん》のとおり〈エッジ・オブ・オーシャン〉は二本《にほん》の橋《はし》で繋《つな》がっています。サミットが開催《かいさい》される五月一日《ごがついたち》に警備《けいび》を担当《たんとう》する警視庁《けいしちょう》は、最大《さいだい》で二万二千人《にまんにせんにん》の警察官《けいさつかん》を都内《とない》の警備《けいび》に充《あ》てると発表《はっぴょう》しました。次《つぎ》は無人探査機《むじんたんさき》〈はくちょう〉のニュースをお送《おく》りします』

番組《ばんぐみ》からCM《シーエム》に変《か》わり、コナンはテレビから視線《しせん》を外《はず》した。

その頃《ころ》。〈エッジ・オブ・オーシャン〉がある埋立地《うめたてち》の周囲水域《しゅういすいいき》では、警視庁《けいしちょう》の警備艇《けいびてい》が巡回《じゅんかい》していた。デッキに立《た》った公安部《こうあんぶ》の刑事《けいじ》らが双眼鏡《そうがんきょう》を覗《のぞ》いて周囲《しゅうい》を警戒《けいかい》している。

国際会議場内《こくさいかいぎじょうない》にも公安刑事《こうあんけいじ》の姿《すがた》があった。豪華《ごうか》なシャンデリアが吊《つ》り下《さ》げられた吹《ふ》き抜《ぬ》けのロビーや、その奥《おく》にある日本料亭《にほんりょうてい》の店内《てんない》、他《ほか》の階《かい》にも背広姿《せびろすがた》の男《おとこ》たちがいて、それぞれビル内《ない》を巡視《じゅんし》している。

公安部所属《こうあんぶしょぞく》の刑事《けいじ》、風見裕也《かざみゆうや》は部下《ぶか》と料亭《りょうてい》を出《で》ると、他《ほか》の刑事《けいじ》らと合流《ごうりゅう》してビルの外《そと》に出《で》た。

するとそのとき——ドオオオォォォン!!

とてつもない轟音《ごうおん》と共《とも》にすさまじい爆風《ばくふう》が巻《ま》き起《お》こり、国際会議場《こくさいかいぎじょう》のガラスや壁《かべ》が吹《ふ》き飛《と》んだ。周囲《しゅうい》に停《と》めていた車《くるま》も吹《ふ》き飛《と》ばされて小石《こいし》のように道路《どうろ》を転《ころ》がり、吹《ふ》き飛《と》んだコンクリート片《へん》が次々《つぎつぎ》と路上《ろじょう》に突《つ》き刺《さ》さる。

一瞬《いっしゅん》にして国際会議場《こくさいかいぎじょう》は業火《ごうか》に包《つつ》まれ、黒煙《こくえん》がもうもうと立《た》ち昇《のぼ》った。

その中《なか》から、傷《きず》だらけになった安室透《あむろとおる》がよろめきながら出《で》てきた。ふらついた足取《あしど》りで道路《どうろ》まで進《すす》むと振《ふ》り返《かえ》り、無残《むざん》な姿《すがた》となった国際会議場《こくさいかいぎじょう》を呆然《ぼうぜん》と見上《みあ》げる。

すると、炎《ほのお》に包《つつ》まれた鉄柱《てっちゅう》がメキメキと音《おと》を立《た》てながら、安室《あむろ》を目《め》がけて倒《たお》れてきた。

重《おも》い振動《しんどう》と共《とも》に土煙《つちけむり》が巻《ま》き上《あ》がる。

間一髪《かんいっぱつ》のところでよけた安室《あむろ》は、右腕《みぎうで》を押《お》さえながら走《はし》り去《さ》っていった——。


CM《シーエム》が終《お》わると、ワイドショーは宇宙探査機《うちゅうたんさき》のニュースを伝《つた》え始《はじ》めた。立方体《りっぽうたい》の本体《ほんたい》の両側《りょうがわ》に太陽電池《たいようでんち》パネルを鳥《とり》の羽《はね》のように広《ひろ》げた宇宙探査機《うちゅうたんさき》が、地球《ちきゅう》に向《む》かうイメージCG《シージー》が画面《がめん》に映《うつ》る。

『無人探査機《むじんたんさき》〈はくちょう〉が火星《かせい》からのサンプル採取《さいしゅ》を終《お》え、日本時間《にほんじかん》の五月一日《ごがつついたち》、いよいよ地球《ちきゅう》に帰《かえ》ってきます。帰還《きかん》する際《さい》は探査機本体《たんさきほんたい》から、直径約四《ちょっけいやくよん》メートルの地球帰還《ちきゅうきかん》カプセルを切《き》り離《はな》し、大気圏《たいきけん》に突入《とつにゅう》させます。その後《ご》はパラシュートで降下《こうか》し、日本近海《にほんきんかい》の太平洋上《たいへいようじょう》に着水《ちゃくすい》する予定《よてい》です。探査機本体《たんさきほんたい》は大気圏突入時《たいきけんとつにゅうじ》に燃《も》え尽《つ》きます』

スタジオ中央《ちゅうおう》のモニターに表示《ひょうじ》された帰還計画図《きかんけいかくず》に沿《そ》って女性《じょせい》アナウンサーが説明《せつめい》すると、司会者《しかいしゃ》は「なるほど」とうなずいた。モニターが切《き》り替《か》わって、今度《こんど》は地球帰還《ちきゅうきかん》カプセルの断面図《だんめんず》が映《うつ》る。

『サンプルカプセルにはGPS《ジーピーエス》を積《つ》んだ〈精密誘導《せいみつゆうどう》システム〉というものがありまして、落下地点《らっかちてん》は半径《はんけい》二百《にひゃく》メートル以内《いない》に収《おさ》まるんです！』

コナンがへぇ……と感心《かんしん》しながら見《み》ていると、外《そと》から「おわっ⁉」と阿笠博士《あがさはかせ》の驚《おどろ》く声《こえ》がした。

窓《まど》の外《そと》を見《み》ると、降下《こうか》したドローンが庭《にわ》を縦横無尽《じゅうおうむじん》に飛《と》び回《まわ》り、阿笠博士《あがさはかせ》がギリギリのところでよけていた。いつの間《ま》にかコントローラは子供《こども》たちの手《て》に渡《わた》っていた。

「ちょ、ちょっ、元太君《げんたくん》！」

「オレにも早《はや》くやらせろよー！」

「わたしもやりたーい！」

子供《こども》たちがコントローラを取《と》り合《あ》うのを見《み》て、阿笠博士《あがさはかせ》はドローンをよけながら「うーむ」と考《かんが》え込《こ》む。

「コントローラを方向《ほうこう》と速度《そくど》とカメラの三《みっ》つに分《わ》けてみるかのぉ」

（オイオイ……）

コナンがあきれた顔《かお》で外《そと》を見《み》ていると、

『番組《ばんぐみ》の途中《とちゅう》ですが、たった今入《いまはい》ったニュースです』

テレビから司会者《しかいしゃ》の緊迫《きんぱく》した声《こえ》が聞《き》こえてきた。映像《えいぞう》がスタジオから報道局《ほうどうきょく》へと切《き》り替《か》わり、インカムを耳《みみ》につけた男性記者《だんせいきしゃ》が、手《て》にした原稿《げんこう》から顔《かお》を上《あ》げた。

『お伝《つた》えします。来週《らいしゅう》、東京《とうきょう》サミットが行《おこな》われる国際会議場《こくさいかいぎじょう》で、先《さき》ほど大規模《だいきぼ》な爆発《ばくはつ》がありました。そのときの防犯《ぼうはん》カメラの映像《えいぞう》です』

テレビ画面《がめん》がスタジオから国際会議場《こくさいかいぎじょう》の防犯《ぼうはん》カメラの映像《えいぞう》に切《き》り替《か》わると、ズドオォォン……とすさまじい音《おと》と共《とも》に国際会議場《こくさいかいぎじょう》で爆発《ばくはつ》が起《お》こり、瞬《また》く間《ま》に粉塵《ふんじん》で覆《おお》われて画面《がめん》が真《ま》っ白《しろ》になった。

「これは……」

衝撃《しょうげき》の映像《えいぞう》に、コナンは思《おも》わず身《み》を乗《の》り出《だ》した。そして「博士《はかせ》！」と阿笠博士《あがさはかせ》を呼《よ》びに庭《にわ》へ向《む》かう。ソファに一人残《ひとりのこ》った灰原《はいばら》は、じっとテレビを見続《みつづ》けた。

『現場《げんば》となった統合型《とうごうがた》リゾート〈エッジ・オブ・オーシャン〉はまだ開業前《かいぎょうまえ》だったため利《り》用客《ようきゃく》はいませんでしたが、サミット警備《けいび》の下見《したみ》をしていた警察官数人《けいさつかんすうにん》が死傷《ししょう》したとの情報《じょうほう》が入《はい》っています。繰《く》り返《かえ》します。先《さき》ほど、統合型《とうごうがた》リゾート〈エッジ・オブ・オーシャン〉で大規模《だいきぼ》な爆発《ばくはつ》がありました……』

『エッジ・オブ・オーシャン』の全体図《ぜんたいず》が映《うつ》し出《だ》されたかと思《おも》うと、再《ふたた》び防犯《ぼうはん》カメラの映《えい》像《ぞう》に切《き》り替《か》わった。真《ま》っ白《しろ》になっていた画面《がめん》は粉塵《ふんじん》が徐々《じょじょ》に収《おさ》まって、もうもうと噴《ふ》き出《だ》す煙《けむり》と炎《ほのお》が映《うつ》る。一瞬《いっしゅん》、その中《なか》に人影《ひとかげ》が見《み》えて、

「ッ!?」

灰原《はいばら》は思《おも》わず目《め》を見張《みは》った。

「もしかしたらテロかもしれない」

「じゃが、サミットは来週《らいしゅう》じゃろ？　事故《じこ》かもしれんぞ」

阿笠博士《あがさはかせ》を連《つ》れてリビングに戻《もど》ってきたコナンは、ソファの前《まえ》に立《た》ってテレビを見《み》た。

『警視庁《けいしちょう》の発表《はっぴょう》では、現時点《げんじてん》で死傷《ししょう》した警察官《けいさつかん》の数《かず》、及《およ》び、事故《じこ》か事件《じけん》かについては、調《ちょう》査中《さちゅう》ということで明《あき》らかになっていません』

「警察官《けいさつかん》が死傷《ししょう》……心配《しんぱい》じゃな」

阿笠博士《あがさはかせ》が悲痛《ひつう》な面持《おもも》ちでテレビを見《み》ていると、「あれ？　博士《はかせ》ー！」と光彦《みつひこ》の声《こえ》がした。

「博士《はかせ》、画面《がめん》が消《き》えちゃいました！」

「おお、今《いま》行《い》くぞい」

子供《こども》たちの元《もと》へ戻《もど》っていく阿笠博士《あがさはかせ》を見送《みおく》ったコナンは、再《ふたた》びテレビに目《め》を向《む》けて「そうか……」とつぶやいた。

「言《い》われてみれば、サミット前《まえ》にテロを起《お》こしたら、本番《ほんばん》の警備《けいび》が厳《きび》しくなるだけだよな」

とソファに座《すわ》っている灰原《はいばら》を見《み》る。すると、灰原《はいばら》はなぜか凍《こお》りついた表情《ひょうじょう》でうつむいていた。

「どうした？」

「……爆発直後《ばくはつちょくご》の……防犯《ぼうはん》カメラの映像《えいぞう》……」

「何《なに》か映《うつ》ってたのか？」

「一瞬《いっしゅん》だったし、見間違《みまちが》いかもしれないけど……」

歯切《はぎ》れの悪《わる》い灰原《はいばら》に、コナンが顔《かお》をしかめる。

「あの人《ひと》が……『ポアロ』で働《はたら》いてる……確《たし》か名前《なまえ》は、安室透《あむろとおる》だったかしら……」

「安室《あむろ》さんが……!?」

煙《けむり》と炎《ほのお》が噴《ふ》き荒《あ》れる映像《えいぞう》の中《なか》に、ほんの一瞬《いっしゅん》、傷《きず》だらけの安室《あむろ》が映《うつ》ったというのだ。

2

警視庁《けいしちょう》の大会議室《だいかいぎしつ》では、刑事部《けいじぶ》と公安部《こうあんぶ》の合同捜査会議《ごうどうそうさかいぎ》が行《おこな》われていた。

爆発現場《ばくはつげんば》が映《うつ》し出《だ》された大型《おおがた》モニターの前《まえ》には、ハの字《じ》に並《なら》べられた二《ふた》つの長机《ながづくえ》に目暮《めぐれ》十三警部《じゅうぞうけいぶ》と黒田兵衛管理官《くろだひょうえかんりかん》、小田切敏郎警視長《おだぎりとしろうけいしちょう》と警備一課長《けいびいっかちょう》がそれぞれ並《なら》んで座《すわ》り、四人《よにん》の前《まえ》には中央通路《ちゅうおうつうろ》を挟《はさ》んで階段状《かいだんじょう》になった座席《ざせき》に刑事部《けいじぶ》と公安部《こうあんぶ》の警察官《けいさつかん》たちが分《わ》かれて座《すわ》っていた。

「鑑識作業《かんしきさぎょう》の結果《けっか》、現場《げんば》から爆発物《ばくはつぶつ》は見《み》つかりませんでした」

「国際会議場《こくさいかいぎじょう》の一階《いっかい》には日本料亭《にほんりょうてい》があり、地下《ちか》には爆発現場《ばくはつげんば》となった厨房《ちゅうぼう》が設置《せっち》されています。そこから大量《たいりょう》のガスが検出《けんしゅつ》されました」

「よってガス爆発《ばくはつ》と断定《だんてい》していいと思《おも》います」

刑事部《けいじぶ》の最前列《さいぜんれつ》にいた佐藤美和子警部補《さとうみわこけいぶほ》と高木渉巡査部長《たかぎわたるじゅんさぶちょう》が報告《ほうこく》をすると、刑事《けいじ》たちが「ガスか」「事故《じこ》だな」とざわめいた。そんな刑事《けいじ》たちを公安部《こうあんぶ》の警察官《けいさつかん》らが険《けわ》しい顔《かお》でにらむ。すると、長机《ながづくえ》に両肘《りょうひじ》をつき、組《く》んだ手《て》の上《うえ》に顎《あご》を乗《の》せていた黒田《くろだ》が「待《ま》て」と言《い》った。

「そのビルは完成《かんせい》したばかり。ガス漏《も》れは考《かんが》えにくい」

高木《たかぎ》は「はい」と小《ちい》さくうなずいた。

「実《じつ》はこのガス管《かん》は最新型《さいしんがた》で、ネット上《じょう》からガス栓《せん》を開《あ》け閉《し》めすることも可能《かのう》です」

「それでなんでガス漏《も》れが起《お》きるんだ」

目暮《めぐれ》は大型《おおがた》モニターに映《うつ》し出《だ》された厨房《ちゅうぼう》のガス栓《せん》を振《ふ》り返《かえ》って、たずねた。

「そのシステムに最初《さいしょ》から不具合《ふぐあい》があった可能性《かのうせい》があります」

「点検《てんけん》はしてなかったのか？」

佐藤《さとう》の報告《ほうこく》に、黒田《くろだ》が訊《き》く。

「今日《きょう》、予定《よてい》されていました」

「どういうことかね」

目暮《めぐれ》が質問《しつもん》すると、高木《たかぎ》と佐藤《さとう》が続《つづ》けて報告《ほうこく》した。

「〈エッジ・オブ・オーシャン〉にネット環境《かんきょう》が整《ととの》うのが今日《きょう》だったんです」

「それで今朝《けさ》、警視庁公安部《けいしちょうこうあんぶ》による警備点検《けいびてんけん》の後《あと》、点検予定《てんけんよてい》でした」

「だとすると、今回《こんかい》は事故《じこ》の可能性《かのうせい》が高《たか》いですね……」

佐藤《さとう》の隣《となり》に座《すわ》る白鳥任三郎《しらとりにんざぶろう》警部《けいぶ》の言葉《ことば》に、目暮《めぐれ》は、うむ……とうなずいた。

「サミットを狙《ねら》ったテロなら、各国《かっこく》の要人《ようじん》が会場《かいじょう》に集《あつ》まる来週五月一日《らいしゅうごがつついたち》に決行《けっこう》しないと意味《い み》がないしな……」

「そのサミット会場《かいじょう》ですが、今回《こんかい》の件《けん》で変更《へんこう》になるとのことです」

佐藤《さとう》が付《つ》け加《くわ》えると、刑事《けいじ》たちが再《ふたた》び「事故《じこ》か」「事故《じこ》の可能性《かのうせい》が高《たか》いな」とつぶやき出《だ》した。するとそのとき、後方《こうほう》の扉《とびら》が勢《いきお》いよく開《あ》き、顔《かお》に傷《きず》を負《お》った風見《かざみ》が飛《と》び込《こ》んできた。

「報告《ほうこく》します！」

「所属《しょぞく》と名前《なまえ》を言《い》え！」

黒田《くろだ》に言《い》われた風見《かざみ》は、緩《ゆる》やかな階段《かいだん》になった中央《ちゅうおう》の通路《つうろ》を歩《ある》きながら答《こた》えた。

「警視庁公安部《けいしちょうこうあんぶ》、風見裕也《かざみゆうや》です」

胸《むね》を張《は》って颯爽《さっそう》と歩《ある》く風見《かざみ》を、高木《たかぎ》たち刑事部《けいじぶ》が不審《ふしん》そうな顔《かお》で追《お》う。

「ガスを爆発《ばくはつ》させた発火物《はっかぶつ》の件《けん》は」

黒田《くろだ》が「まだだ」と答《こた》えると、佐藤《さとう》がすばやく立《た》ち上《あ》がった。

「刑事部《けいじぶ》で電気設備《でんきせつび》を調《しら》べています」

「その発火物《はっかぶつ》ですが、『高圧《こうあつ》ケーブル』かもしれません」

黒田《くろだ》に向《む》かって立《た》ち止《ど》まった風見《かざみ》が言《い》うと、黒田《くろだ》は「……続《つづ》けろ」と風見《かざみ》を見上《みあ》げた。

風見《かざみ》は大型《おおがた》モニターに映《うつ》し出《だ》されたレストラン街《がい》を指差《ゆびさ》した。

「このレストランの壁《かべ》の向《む》こう側《がわ》、左隅《ひだりすみ》に揚水《ようすい》ポンプがあります」

「水道《すいどう》をビル全体《ぜんたい》に回《まわ》すポンプですね」

立《た》ち上《あ》がった高木《たかぎ》が補足説明《ほそくせつめい》すると、モニターに揚水《ようすい》ポンプが拡大《かくだい》されて表示《ひょうじ》された。

ポンプの横《よこ》には高圧《こうあつ》ケーブルの格納扉《かくのうとびら》がある。

「そのポンプに『高圧《こうあつ》ケーブル』が繋《つな》がれています。『高圧《こうあつ》ケーブル』は送電《そうでん》で熱《ねつ》を出《だ》すため、『油通路《ゆつうろ》』に冷却《れいきゃく》の油《あぶら》が通《とお》してあり、そこに何《なに》かの拍子《ひょうし》で火花《ひばな》が出《で》ると、油《あぶら》に引火《いんか》して燃《も》え上《あ》がるという例《れい》が過去《かこ》にあります」

モニターでは『高圧《こうあつ》ケーブル』が拡大《かくだい》され、さらにその断面図《だんめんず》が表示《ひょうじ》された。ケーブルの中心《ちゅうしん》には電気《でんき》が通《とお》る導体《どうたい》があり、さらにその内側《うちがわ》に油《あぶら》が流《なが》れるパイプがある。

「まさか、工事《こうじ》ミスが見《み》つかったのか」

目暮《めぐれ》の問《と》いに、風見《かざみ》は「いえ」と首《くび》を横《よこ》に振《ふ》った。

「しかし、『高圧《こうあつ》ケーブル』の格納扉《かくのうとびら》に焼《や》きついた指紋《しもん》がありました」

「つまり、爆破前《ばくはまえ》についた指紋《しもん》か」

黒田《くろだ》に訊《き》かれて、風見《かざみ》は「はい」と答《こた》えた。

「現場《げんば》に入《はい》ったのは工事関係者《こうじかんけいしゃ》と、今朝《けさ》、警備点検《けいびてんけん》した我々公安部《われわれこうあんぶ》だけ。よって、工事関《こうじかん》係者《けいしゃ》の指紋及《しもんおよ》び警察官《けいさつかん》の指紋《しもん》をデータベースで照合《しょうごう》した結果《けっか》――かつて、警視庁捜査一課《けいしちょうそうさいっか》に在籍《ざいせき》していた、毛利小五郎《もうりこごろう》の指紋《しもん》と一致《いっち》しました！」

大型《おおがた》モニターに『毛利小五郎《もうりこごろう》』の写真《しゃしん》とデータが表示《ひょうじ》されて、場内《じょうない》が一斉《いっせい》にざわついた。

白鳥《しらとり》、高木《たかぎ》が思《おも》わず立《た》ち上《あ》がり、遅《おく》れて千葉和伸刑事《ちばかずのぶけいじ》も「え〜!?」と腰《こし》を浮《う》かす。

「嘘《うそ》でしょ……」

佐藤《さとう》も信《しん》じられないという顔《かお》をして立《た》ち上《あ》がった。

「そんな、まさか……」

目《め》を丸《まる》くした目暮《めぐれ》と黒田《くろだ》は、モニターに映《うつ》し出《だ》された小五郎《こごろう》の写真《しゃしん》を見《み》つめた。

会議《かいぎ》が終《お》わるやいなや、風見《かざみ》は公安刑事《こうあんけいじ》を二人《ふたり》引《ひ》き連《つ》れて毛利探偵事務所《もうりたんていじむしょ》に向《む》かった。

「埋立地《うめたてち》の国際会議場《こくさいかいぎじょう》!?　そんなトコ行《い》ったことねーよ!!」

風見《かざみ》ら公安部《こうあんぶ》が棚《たな》から資料類《しりょうるい》を出《だ》してダンボールに詰《つ》めていく中《なか》、小五郎《こごろう》は佐藤《さとう》と高木《たかぎ》に向《む》かって不満《ふまん》げに叫《さけ》んだ。

「でも、現場《げんば》から毛利《もうり》さんの指紋《しもん》が出《で》てるんです」

「んなわけねーだろ」

「お父《とう》さん、また酔《よ》っ払《ぱら》って勝手《かって》に入《はい》り込《こ》んだとかじゃないの？」

出入《でい》り口《ぐち》のそばでコナンと一緒《いっしょ》に立《た》っていた蘭《らん》が言《い》うと、

「だーかーらー！　んなトコ行《い》ってねーっつの!!　なんかの間違《まちが》いだ。調《しら》べたってなんも出《で》やしねーって!!」

小五郎《こごろう》は憎《にく》らしそうに公安刑事《こうあんけいじ》たちをにらみつけた。佐藤《さとう》が「まぁまぁ……」となだめる。コナンは近《ちか》くの棚《たな》の前《まえ》でしゃがんで押収作業《おうしゅうさぎょう》を続《つづ》ける風見《かざみ》をチラリと見《み》た。風見《かざみ》は顔《かお》に小《ちい》さな傷《きず》を幾《いく》つも作《つく》り、鼻《はな》に絆創膏《ばんそうこう》を貼《は》っている。

コナンがうつむいて考《かんが》え事《ごと》をしていると、風見《かざみ》がふいに立《た》ち上《あ》がり、「失礼《しつれい》」と蘭《らん》たちに断《ことわ》って部屋《へや》の奥《おく》へと引《ひ》っ込《こ》んでいった。

「コナン君《くん》。どうかしたかい？」

歩《あゆ》み寄《よ》ってきた高木《たかぎ》がかがみながらたずねると、コナンは部屋《へや》の隅《すみ》で棚《たな》に手《て》を突《つ》っ込《こ》んでいる風見《かざみ》を振《ふ》り返《かえ》った。

「あの刑事《けいじ》さん、顔《かお》ケガしてるけど大丈夫《だいじょうぶ》？」

「ああ、風見《かざみ》さん？　爆発《ばくはつ》があったとき、現場《げんば》にいたみたいなんだ」

高木《たかぎ》に言《い》われて、コナンは灰原《はいばら》の言葉《ことば》を思《おも》い出《だ》した。

灰原《はいばら》は、防犯《ぼうはん》カメラの映像《えいぞう》に一瞬《いっしゅん》、傷《きず》だらけの安室《あむろ》が映《うつ》ったと言《い》っていた……。

そのとき、胸《むね》の内《うち》ポケットに入《い》れた新一《しんいち》のスマホが短《みじか》く振動《しんどう》した。胸《むね》に手《て》を当《あ》てながら後《うし》ろを振《ふ》り返《かえ》ると、蘭《らん》が携帯電話《けいたいでんわ》を持《も》った手《て》を耳《みみ》に当《あ》てている。

「あ！　ボク、ちょっとトイレ！」

コナンはそう言《い》って走《はし》り出《だ》し、電話《でんわ》をしている蘭《らん》の前《まえ》を通《とお》って事務所《じむしょ》の外《そと》に出《で》た。階段《かいだん》を少《すこ》し下《お》りたところで立《た》ち止《ど》まり、蝶《ちょう》ネクタイ型変声機《がたへんせいき》を口《くち》に当《あ》てて電話《でんわ》に出《で》る。

「おお、どうした？　うん……え？　オメーのお父《とう》さんが警察《けいさつ》に疑《うたが》われてる？」

コナンの思《おも》ったとおり、蘭《らん》の用件《ようけん》は小五郎《こごろう》のことだった。

『うん……まぁ何《なに》かの間違《まちが》いだとは思《おも》うんだけど』

「わかった。オレも調《しら》べてみる」

コナンは電話《でんわ》を切《き》ると新一《しんいち》のスマホを胸《むね》の内《うち》ポケットに入《い》れ、ズボンの後《うし》ろポケットに手《て》を回《まわ》した。

「あれ？　オレのスマホ……」

ズボンの後《うし》ろポケットに入《い》れたはずのコナンのスマホがない。仕方《しかた》なく新一《しんいち》のスマホを胸《むね》の内《うち》ポケットから出《だ》して、電話《でんわ》をかけた。

「あ、博士《はかせ》？　ちょっと頼《たの》みたいことがある」

新一《しんいち》と電話《でんわ》で話《はな》した蘭《らん》は、容疑《ようぎ》をかけられて苛立《いらだ》つ小五郎《こごろう》を心配《しんぱい》そうに見《み》つめると、ため息《いき》をついた。

「いつまでやってんだよ、コイツらは」

「いやぁ～～」

憎《にく》らしげにぼやく小五郎《こごろう》を、高木《たかぎ》がなだめる。

コナンが戻《もど》ると、押収作業《おうしゅうさぎょう》と小五郎《こごろう》を見守《みまも》る蘭《らん》の足元《あしもと》に、コナンのスマホが落《お》ちていた。

さっきまでコナンが立《た》っていた場所《ばしょ》だ。

（オレのスマホ……？）

コナンは拾《ひろ》い上《あ》げたスマホをじっと見《み》つめた。

いつの間《ま》にか後《うし》ろポケットから落《お》としていたのか……？

どことなく違和感《いわかん》を覚《おぼ》えながらも、コナンは後《うし》ろポケットにスマホをしまった。


爆発現場《ばくはつげんば》となった国際会議場《こくさいかいぎじょう》の周囲《しゅうい》はガレキや爆破片《ばくはへん》が散乱《さんらん》し、大勢《おおぜい》の鑑識員《かんしきいん》たちが撮影《さつえい》や記録《きろく》をしていた。

その遥《はる》か上空《じょうくう》に、ドローンが飛《と》んでいる。


「ああっ！　元太君《げんたくん》、もっとスピードを落《お》としてくださいよ」

阿笠邸《あがさてい》の庭《にわ》では、光彦《みつひこ》、歩美《あゆみ》、元太《げんた》がそれぞれコントローラを持《も》ってドローンを操縦《そうじゅう》していた。元々一《もともとひと》つになっていたコントローラを、阿笠博士《あがさはかせ》が『方向《ほうこう》』『速度《そくど》』『カメラ』の三《みっ》つに分《わ》けたのだ。

「撮影《さつえい》してるんだから！」

『カメラ』のコントローラを持《も》っている歩美《あゆみ》は、光彦《みつひこ》が持《も》つ液晶《えきしょう》モニターつき『方向《ほうこう》』のコントローラを覗《のぞ》いた。反対側《はんたいがわ》の隣《となり》に座《すわ》っていた元太《げんた》も「ワリィ、ワリィ」と液晶《えきしょう》モニターを覗《のぞ》く。

「でもスゲーな！　こんな遠《とお》くまで飛《と》ばせるなんてよ」

と立《た》ち上《あ》がり、『速度《そくど》』のコントローラを持《も》ちながら駆《か》け回《まわ》った。

「三十《さんじっ》キロ先《さき》でも操縦《そうじゅう》できるんじゃぞ」

部屋《へや》から出《で》てきた阿笠博士《あがさはかせ》が言《い》うと、

「あ、ボクたち、さっき二十《にじっ》キロ先《さき》まで飛《と》ばしましたよ」

光彦《みつひこ》が得意《とくい》げに顔《かお》を上《あ》げた。

「え？」

驚《おどろ》く阿笠博士《あがさはかせ》に、元太《げんた》と歩美《あゆみ》がニヤリと笑《わら》う。

「埼玉《さいたま》のおばさんちまでお届《とど》けものをしたの」

「おばさん、超喜《ちょうよろこ》んでたよな」

「い、いつの間《ま》に……」

阿笠博士《あがさはかせ》は子供《こども》たちの上達《じょうたつ》の早《はや》さに驚《おどろ》いた。すると、元太《げんた》が光彦《みつひこ》のコントローラを覗《のぞ》き込《こ》んで「でもよぉ」と言《い》った。

「この画面《がめん》小《ち》せえし、ちょっと見《み》づらくねーか？」

「ん～、元々三人用《もともとさんにんよう》に分《わ》ける予定《よてい》ではなかったからのぉ……」

「なー！　博士《はかせ》ー、オレのコントローラにも画面《がめん》つけてくれよ」

「歩美《あゆみ》のにもつけて～」

子供《こども》たちにせがまれた阿笠博士《あがさはかせ》は「ん～、そうじゃのぉ……」と考《かんが》え込《こ》んだ。そして何《なに》かを思《おも》いついてグッと身《み》を乗《の》り出《だ》す。

「よし！　それならクイズじゃ‼」

博士《はかせ》の言葉《ことば》を聞《き》いて、通用口《つうようぐち》から出《で》てきた灰原《はいばら》がゲッと顔《かお》をしかめた。

「よいか？　クイズに正解《せいかい》したら、それぞれモニターつきにしてやるぞい！」

「え～～～⁉」

いつものパターンに子供《こども》たちはげんなりする中《なか》、阿笠博士《あがさはかせ》は「では問題《もんだい》じゃ！」と一人《ひとり》張《は》り切《き》ってクイズを出《だ》した。

「ひらがなの行《ぎょう》の中《なか》で、一番《いちばん》スケールが大《おお》きいのは次《つぎ》のうちどれでしょう？　一番《いちばん》、あ行《ぎょう》。二番《にばん》、か行《ぎょう》。三番《さんばん》、さ行《ぎょう》。四番《よんばん》、た行《ぎょう》」

「てか、スケールってなんだ？」

元太《げんた》が首《くび》をかしげると、

「規模《きぼ》が一番大《いちばんおお》きいのはどれかってことじゃ」

阿笠博士《あがさはかせ》がわかりやすく説明《せつめい》した。光彦《みつひこ》がう〜ん、と考《かんが》え込《こ》む。

「規模《きぼ》の大《おお》きいひらがなっていっても……」

「あ行《ぎょう》は『あいうえお』、か行《ぎょう》は『かきくけこ』って言《い》い換《か》えて考《かんが》えるのよ」

阿笠博士《あがさはかせ》の隣《となり》に立《た》つ灰原《はいばら》がアドバイスすると、歩美《あゆみ》は「さしすせそ……たちつてと……」とつぶやいた。

「え〜、わかんなぁい」

と無意識《むいしき》にコントローラのスティックをグリグリと動《うご》かし、液晶《えきしょう》モニターを見《み》ていた光《みつ》彦《ひこ》が「わ!! ちょ、ちょっと!」と慌《あわ》てる。

「歩美《あゆみ》ちゃん、カメラ動《うご》かさないでください!」

ドローンの操縦《そうじゅう》でクイズに集中《しゅうちゅう》できずにいる子供《こども》たちに、灰原《はいばら》はやれやれとため息《いき》をついた。

「じゃあヒントその一《いち》。『はくちょう』」

「はくちょう?」

「ちょ、ちょっと哀君《あいくん》!」

灰原《はいばら》のヒントを聞《き》いて、阿笠博士《あがさはかせ》がうろたえた。コントローラを持《も》った元太《げんた》が、頭《あたま》の中《なか》で白鳥《はくちょう》を思《おも》い浮《う》かべる。

「『はくちょう』と言《い》ったら、白鳥《はくちょう》の湖《みずうみ》……ああっ！　でっかい湖《みずうみ》ってことで、『み行《ぎょう》』!!」

と叫《さけ》んだ後《あと》で、「あれ？」とすぐに自分《じぶん》の答《こた》えがおかしいことに気《き》づいた。

「ヒントその二《に》。『はくちょう』が帰《かえ》ってきます」

灰原《はいばら》が続《つづ》けてヒントを出《だ》すと、歩美《あゆみ》がまたスティックをグリグリしながら考《かんが》え込《こ》んだ。

「はくちょうさんがおうちに帰《かえ》るの？」

「あ！　じゃあやっぱり湖《みずうみ》だ！」

「おうち……おうち……うち……」

歩美《あゆみ》と元太《げんた》に挟《はさ》まれながら考《かんが》えていた光彦《みつひこ》は、「あ――!!」と顔《かお》を上《あ》げた。

「わかりました！　無人探査機《むじんたんさき》『はくちょう』が宇宙《うちゅう》から帰《かえ》ってきます！」

「じゃあ正解《せいかい》は？」

灰原《はいばら》がたずねると、光彦《みつひこ》は「一番《いちばん》のあ行《ぎょう》です!!」と答《こた》えた。

「あいうえおの中間《ちゅうかん》の文字《もじ》は『う』、つまり『うちゅう』となります。宇宙《うちゅう》は何《なに》よりもスケールが大《おお》きいですから」

「はい、ご名答《めいとう》」

光彦《みつひこ》は「やった！」とガッツポーズをした。

「もぉ～哀君《あいくん》、毎度毎度《まいどまいど》ヒントが多《おお》すぎやせんかのぉ」

不満《ふまん》げにぼやく阿笠博士《あがさはかせ》を、灰原《はいばら》はキッとにらみつけた。

「あのねぇ、博士《はかせ》。ドローン操縦《そうじゅう》しながらのクイズなんて危《あぶ》ないでしょ！　それに今《いま》みんながしてる撮影《さつえい》は、博士《はかせ》のクイズと違《ちが》って遊《あそ》びじゃないのよ！」

灰原《はいばら》が指差《ゆびさ》したコントローラの液晶《えきしょう》モニターには、ガレキや爆破片《ばくはへん》が散乱《さんらん》する国際会議《こくさいかいぎ》場《じょう》が映《うつ》っていた。


夕方《ゆうがた》になり、コナンは高木刑事《たかぎけいじ》と高速道路《こうそくどうろ》の高架下《こうかした》にある公園《こうえん》に来《き》ていた。西日《にしび》が差《さ》し込《こ》む人気《ひとけ》のない公園《こうえん》で、高木《たかぎ》はベンチに腰《こし》かけ、コナンはその前《まえ》でスケボーに右足《みぎあし》をかけてゴロゴロと動《うご》かした。

「我々刑事部《われわれけいじぶ》、あと公安部《こうあんぶ》と警備部《けいびぶ》がサミット前《まえ》に現場《げんば》を点検《てんけん》することになっていて、爆《ばく》発《はつ》のときは公安部《こうあんぶ》が担当《たんとう》だったんだ」

「だから風見刑事《かざみけいじ》がケガを……」

「彼《かれ》はビルの外《そと》にいたから軽傷《けいしょう》で済《す》んだけど、ビルの中《なか》にいた人《ひと》たちは……」

高木《たかぎ》の沈《しず》んだ声《こえ》に、コナンは振《ふ》り返《かえ》った。

「うん……亡《な》くなった人《ひと》もいたって、ニュースで見《み》た」

「ああ、こういうことは言《い》うべきじゃないだろうけど……被害《ひがい》が民間《みんかん》じゃなく警察官《けいさつかん》だけだったのは、不幸中《ふこうちゅう》の幸《さいわ》いだったかもしれない」

そう言《い》ってうつむいた高木《たかぎ》は、複雑《ふくざつ》な表情《ひょうじょう》を浮《う》かべていた。

「サミット中《ちゅう》に爆発《ばくはつ》が起《お》きてたら、世界中《せかいじゅう》が大騒《おおさわ》ぎになってたよね」

「いや、もう警視庁《けいしちょう》、特《とく》に公安部《こうあんぶ》は叩《たた》かれてるよ。サミット前《まえ》に爆発事故《ばくはつじこ》が起《お》きたんじゃしょうがないけど……」

「事故《じこ》？」

コナンがたずねると、高木《たかぎ》は「あ、いや」と顔《かお》を上《あ》げた。

「現場《げんば》の状況《じょうきょう》から、最初《さいしょ》は事故《じこ》で処理《しょり》されるはずだったんでね、つい」

「小五郎《こごろう》のおじさんの指紋《しもん》が現場《げんば》にあったんだよね？」

高木《たかぎ》は「うん」とうなずき、眉《まゆ》をひそめた。

「それを風見《かざみ》さんが見《み》つけて、一気《いっき》に事件性《じけんせい》が出《で》たんだ」

「風見刑事《かざみけいじ》が……」

そのとき、胸《むね》の内《うち》ポケットに入《い》れた新一《しんいち》のスマホが震《ふる》えた。蘭《らん》からの着信《ちゃくしん》だ。

「高木刑事《たかぎけいじ》、ありがと。じゃあね！」

コナンは電話《でんわ》に出《で》るため、スケボーを脇《わき》に抱《かか》えて走《はし》り出《だ》した。

「気《き》をつけて帰《かえ》るんだよー」

高木《たかぎ》は駆《か》けていくコナンの後《うし》ろ姿《すがた》に声《こえ》をかけた。


「蘭《らん》、どうした？」

公園《こうえん》を出《で》たコナンは、歩道《ほどう》をスケボーで走《はし》りながら電話《でんわ》に出《で》た。

『新一《しんいち》、助《たす》けて！　お父《とう》さんが逮捕《たいほ》されちゃう！』

蘭《らん》の切羽詰《せっぱつ》まった声《こえ》を聞《き》いたコナンは、クソッと歯噛《はが》みして、スケボーを一気《いっき》に加速《かそく》させた。

「だから知《し》らねぇって！」

事務所《じむしょ》の上《うえ》にある自宅《じたく》のリビングで、風見《かざみ》ら公安刑事《こうあんけいじ》に囲《かこ》まれた小五郎《こごろう》は声《こえ》を荒《あら》らげた。

「押収《おうしゅう》したあなたのパソコンから出《で》てきましたよ。サミットの予定表《よていひょう》、それから爆破《ばくは》された国際会議場《こくさいかいぎじょう》の見取《みと》り図《ず》です」

小五郎《こごろう》は目《め》の前《まえ》に突《つ》き出《だ》された証拠《しょうこ》の書類《しょるい》をまじまじと見《み》つめた。まさか、自分《じぶん》のパソコンからこんなものが――!?

「嘘《うそ》です！　父《ちち》はそんな資料《しりょう》をパソコンに保存《ほぞん》なんかできません！」

リビングの隅《すみ》で鈴木園子《すずきそのこ》と寄《よ》り添《そ》うように立《た》っていた蘭《らん》が訴《うった》えた。園子《そのこ》も「そうよそうよ！」と同調《どうちょう》する。

「すごくパソコン音痴《おんち》なんです！」

蘭《らん》の訴《うった》えに、小五郎《こごろう》は「そのとおり！　できません!!」と得意《とくい》げに賛同《さんどう》した。

事務所《じむしょ》に入《はい》ってきたコナンは周囲《しゅうい》をすばやく見回《みまわ》し、さりげなく風見《かざみ》をスマホで撮《と》った。

「とにかく。詳《くわ》しい話《はなし》は警察《けいさつ》で聞《き》きます」

風見《かざみ》が小五郎《こごろう》に近《ちか》づいて腕《うで》を取《と》ると、

「ふざけるな！」

小五郎《こごろう》がその手《て》を振《ふ》り解《ほど》いた。

「公安《こうあん》の任意同行《にんいどうこう》なんか知《し》るか！」

「では今《いま》の公務執行妨害《こうむしっこうぼうがい》で逮捕《たいほ》します」

「手《て》を払《はら》っただけだろーが！　って、おい！」

風見《かざみ》は構《かま》わず小五郎《こごろう》の腕《うで》をつかみ、ポケットから取《と》り出《だ》した手錠《てじょう》をかけた。

「四月二十八日《しがつにじゅうはちにち》、午後四時五十六分《ごごよじごじゅうろっぷん》」

腕時計《うでどけい》を見《み》て逮捕時刻《たいほじこく》を読《よ》み上《あ》げると、他《ほか》の公安刑事《こうあんけいじ》が小五郎《こごろう》の両脇《りょうわき》をつかんで連行《れんこう》していく。

「おい！　放《はな》せよ！　おい!!」

「暴《あば》れれば容疑《ようぎ》が増《ふ》えるだけですよ」

「待《ま》って!!」

コナンは公安刑事《こうあんけいじ》たちの前《まえ》に飛《と》び出《だ》して両手《りょうて》を広《ひろ》げた。

「小五郎《こごろう》のおじさんが犯人《はんにん》なら、サミット会場《かいじょう》を爆破《ばくは》する動機《どうき》って何《なに》!?」

「そうだ！　なんのために――」

「それも事情聴取《じじょうちょうしゅ》でうかがいます」

風見《かざみ》が冷酷《れいこく》に言《い》い放《はな》ち、公安刑事《こうあんけいじ》は小五郎《こごろう》を強引《ごういん》に連《つ》れて出《で》ていった。

「お父《とう》さん！」

追《お》いかけようとする蘭《らん》を園子《そのこ》が慌《あわ》てて止《と》めた。

「落《お》ち着《つ》いて、蘭《らん》。すぐに工藤君《くどうくん》に連絡《れんらく》！」

「したわよ！　したのに……」

「そんな……こんなときに、なんであの男《おとこ》は来《こ》ないのよ……！」

園子《そのこ》が涙《なみだ》ぐむ蘭《らん》を優《やさ》しく抱《だ》きながら、悔《くや》しそうにつぶやく。

こんなときにも蘭《らん》のそばに駆《か》けつけてやれないなんて——二人《ふたり》の近《ちか》くにいたコナンは自《じ》分《ぶん》の無力《むりょく》さに唇《くちびる》を噛《か》むと、すぐに事務所《じむしょ》を飛《と》び出《だ》した。


コナンが階段《かいだん》を駆《か》け下《お》りて外《そと》に出《で》たときには、小五郎《こごろう》を乗《の》せた公安《こうあん》の車《くるま》はすでに走《はし》り出《だ》していた。歩道《ほどう》に立《た》ち止《ど》まり、荒《あら》い息《いき》をしながら車《くるま》を見送《みおく》る。

すると、背後《はいご》でカランコロンとドアベルの音《おと》がした。振《ふ》り返《かえ》ると、事務所下《じむしょした》の喫茶《きっさ》ポアロからエプロン姿《すがた》の安室《あむろ》が出《で》てきて、持《も》っていたほうきとちりとりで店《みせ》の前《まえ》の掃除《そうじ》を始《はじ》めた。その右頬《みぎほお》には大《おお》きな絆創膏《ばんそうこう》が貼《は》られている。

コナンは安室《あむろ》に近《ちか》づきながらズボンの後《うし》ろポケットからスマホを取《と》り出《だ》すと、さっき撮《と》った風見《かざみ》の写真《しゃしん》を見《み》せた。

「公安《こうあん》の刑事《けいじ》さんだよね？」

「さぁ、知《し》らないけど」

安室《あむろ》は横目《よこめ》で写真《しゃしん》をチラリと見《み》ると、背《せ》を向《む》けるようにして掃除《そうじ》を続《つづ》けた。

「ケガしてるね、風見刑事《かざみけいじ》も安室《あむろ》さんも。つまり安室《あむろ》さんもいたんだよね、爆発現場《ばくはつげんば》に」

「なんの話《はなし》かわからないな」

「サミット会場《かいじょう》の下見《したみ》をしてたんでしょ？」

コナンの言葉《ことば》に、安室《あむろ》の持《も》つほうきの動《うご》きが一瞬《いっしゅん》止《と》まった。が、すぐにちりとりにゴミを掃《は》き入《い》れて、ドアに向《む》かう。

「きっとそのとき、テロの可能性《かのうせい》を察知《さっち》した。だけど今《いま》のままじゃ爆発《ばくはつ》を事故《じこ》で処理《しょり》されてしまう。そこで容疑者《ようぎしゃ》をでっち上《あ》げた。違《ちが》う⁉」

コナンはドアの前《まえ》で立《た》ち止《ど》まった安室《あむろ》の背中《せなか》に自分《じぶん》の推理《すいり》をぶつけた。

「安室《あむろ》さんや彼《かれ》みたいな警察官《けいさつかん》なら、パソコンに細工《さいく》をしたり現場《げんば》に指紋《しもん》を残《のこ》すことだって可能《かのう》だよね？」

「警察《けいさつ》はね、証拠《しょうこ》のない話《はなし》には付《つ》き合《あ》わないいんだよ」

「なんでこんなことするんだ！」

「……僕《ぼく》には、命《いのち》に代《か》えても守《まも》らなくてはならないものがあるからさ」

安室《あむろ》は背《せ》を向《む》けたままそう言《い》うと、ドアを開《あ》けて店《みせ》の中《なか》へ入《はい》っていった。カランコロンと音《おと》を立《た》ててドアが閉《し》まる。

取《と》り付《つ》く島《しま》もない安室《あむろ》を見《み》て、コナンの胸《むね》にさざ波《なみ》のように嫌《いや》な予《よ》感《かん》が広《ひろ》がっていった。

(今回《こんかい》の安室《あむろ》さんは、敵《てき》かもしれない……！)


その夜《よる》。蘭《らん》は小五郎《こごろう》の弁護《べんご》を頼《たの》むために、母親《ははおや》の妃英理《きさきえり》が構《かま》える妃法律事務所《きさきほうりつじむしょ》を訪《おとず》れた。

「どうして⁉　なんでお父《とう》さんの弁護《べんご》をしてくれないの⁉」

「まさかおじさまが本当《ほんとう》に爆破《ばくは》したと思《おも》ってるんですか⁉」

弁護《べんご》を断《ことわ》られた蘭《らん》と園子《そのこ》は納得《なっとく》できず、英理《えり》のデスクに詰《つ》め寄《よ》った。

「あの人《ひと》にそんなことできない」

「だったらどうして――」

「弁護士《べんごし》はね、身内《みうち》の弁護《べんご》はしないの」

英理《えり》は椅子《いす》から立《た》ち上《あ》がると、ビル群《ぐん》が一望《いちぼう》できる大《おお》きな窓《まど》に近《ちか》づいた。

「客観性《きゃっかんせい》がないと裁判官《さいばんかん》に判断《はんだん》される可能性《かのうせい》が高《たか》いからよ。つまり、私《わたし》があの人《ひと》の弁護《べんご》を引《ひ》き受《う》けると、却《かえ》って不利《ふり》に働《はたら》くかもしれないのよ」

「そんな……」

肩《かた》を落《お》とす蘭《らん》に、英理《えり》は「大丈夫《だいじょうぶ》」と微笑《ほほえ》んだ。

「いい弁護士《べんごし》をすぐに見《み》つけるから」


空《そら》が白《しら》み始《はじ》めた頃《ころ》、安室《あむろ》は人気《ひとけ》のない沿岸《えんがん》にある公衆電話《こうしゅうでんわ》ボックスから、風見《かざみ》に電話《でんわ》をかけた。

『残念《ざんねん》です。降谷《ふるや》さんの言《い》ったとおりになりましたが、もっと早《はや》くわかっていれば我々公《われわれこう》安《あん》の仲間《なかま》が死《し》ぬことは……』

「ああ。まさかサミットの前《まえ》に爆破《ばくは》されるとは……」

安室《あむろ》は公衆電話《こうしゅうでんわ》に手《て》をかけながら、海《うみ》の方《ほう》を振《ふ》り返《かえ》った。白《しら》み始《はじ》めた空《そら》に飛行機《ひこうき》が飛《と》び立《た》っていくのが見《み》える。

『現在《げんざい》、我々《われわれ》は公安《こうあん》のリストにある国内《こくない》の過激派《かげきは》や国際《こくさい》テロリストを調《しら》べていますが、降《ふる》谷《や》さんの方《ほう》は』

「現場《げんば》のガス栓《せん》にアクセスした通信《つうしん》を調《しら》べている。少《すこ》し変《か》わったシステムが使《つか》われているようだ」

『なんですか？』

「捜査《そうさ》が進《すす》みしだい、ウチから警視庁公安部《けいしちょうこうあんぶ》に伝《つた》える」

『わかりました』

安室《あむろ》は再《ふたた》び前《まえ》を向《む》き、「例《れい》の件《けん》はどうなってる？」と訊《き》いた。

『はい。〈2291〉を投入《とうにゅう》する手筈《てはず》になっています』

突然《とつぜん》、まばゆい光《ひかり》が差《さ》し込《こ》んできて、安室《あむろ》は公衆電話《こうしゅうでんわ》ボックスの外《そと》を見《み》た。海《うみ》の上《うえ》に朝《あさ》日《ひ》が昇《のぼ》ったのだ。

『……降谷《ふるや》さん？』

「わかった」

安室《あむろ》は電話《でんわ》を切《き》ると、海《うみ》の先《さき》に建《た》つ朝日《あさひ》に輝《かがや》くビル群《ぐん》を見《み》つめた。

3

小五郎《こごろう》が逮捕《たいほ》された翌日《よくじつ》。

警視庁《けいしちょう》の大会議室《だいかいぎしつ》には再《ふたた》び公安部《こうあんぶ》と刑事部《けいじぶ》の警察官《けいさつかん》が集《あつ》められ、白鳥《しらとり》が小五郎《こごろう》の事務所《じむしょ》から押収《おうしゅう》されたパソコンの調査報告《ちょうさほうこく》をしていた。調査結果《ちょうさけっか》を聞《き》いた刑事《けいじ》たちがざわつく。

「それはつまり、毛利小五郎《もうりこごろう》のパソコンから現場《げんば》のガス栓《せん》にアクセスした形跡《けいせき》が出《で》たってことか」

刑事《けいじ》たちの前《まえ》に目暮《めぐれ》と並《なら》んで座《すわ》った黒田《くろだ》がたずねると、白鳥《しらとり》は「……はい。サイバー犯罪対策課《はんざいたいさくか》から、そう報告《ほうこく》がありました」と持《も》っていた手帳《てちょう》に目《め》を落《お》とした。

すると、公安部側《こうあんぶがわ》の席《せき》についた風見《かざみ》が立《た》ち上《あ》がり、大型《おおがた》モニターに映《うつ》った料亭《りょうてい》の厨房《ちゅうぼう》を指差《ゆびさ》した。

「決《き》まりましたね。毛利小五郎《もうりこごろう》はここに忍《しの》び込《こ》み、この扉《とびら》を開《あ》け、『高圧《こうあつ》ケーブル』に油《あぶら》が漏《も》れる細工《さいく》をしたんです」

大型《おおがた》モニターにはさらにガス配置図《はいちず》、高圧《こうあつ》ケーブルの格納扉《かくのうとびら》に焼《や》きついた指紋《しもん》、格納扉《かくのうとびら》の中《なか》に詰《つ》まったケーブルなどが次々《つぎつぎ》と映《うつ》し出《だ》された。

「待《ま》ってくれ！　だったら防犯《ぼうはん》カメラに毛利君《もうりくん》が映《うつ》ってたはずだ！」

目暮《めぐれ》が身《み》を乗《の》り出《だ》すと、白鳥《しらとり》の右隣《みぎどなり》に座《すわ》った佐藤《さとう》が「あ、いえ……」と沈痛《ちんつう》な面持《おもも》ちで口《くち》を開《ひら》いた。

「現場《げんば》にネットが開通《かいつう》したのが昨日《きのう》からなので、それ以前《いぜん》のカメラは作動《さどう》していません」

目暮《めぐれ》は黙《だま》って乗《の》り出《だ》した体《からだ》を引《ひ》っ込《こ》めた。話《はなし》を中断《ちゅうだん》された風見《かざみ》が再《ふたた》び口《くち》を開《ひら》く。

「この細工《さいく》をしたうえで、毛利小五郎《もうりこごろう》は『ガス栓《せん》』をネット操作《そうさ》し、ガス漏《も》れ状態《じょうたい》にした。それで今回《こんかい》の爆発《ばくはつ》が――」

「そんな……なんで毛利《もうり》さんがそんなことを……」

白鳥《しらとり》の左隣《ひだりどなり》に座《すわ》った千葉《ちば》がつぶやいた。

「取《と》り調《しら》べではなんと言《い》ってる？」

黒田《くろだ》が問《と》いを挟《はさ》んだ。

「毛利小五郎《もうりこごろう》は否認《ひにん》を続《つづ》けています。否認《ひにん》のままでも送検《そうけん》できますが」

風見《かざみ》が言《い》うと、目暮《めぐれ》が勢《いきお》いよく立《た》ち上《あ》がった。

「動機《どうき》もわからないのに送検《そうけん》する気《き》か！」

「証拠《しょうこ》がそろえば送検《そうけん》。警察官《けいさつかん》として当然《とうぜん》のことですが？」

「待《ま》ってくれ！　何《なに》か引《ひ》っかかる。何《なに》かおかしい！」

「何《なに》か引《ひ》っかかる、何《なに》かおかしいで、これだけの捜査員《そうさいん》が動《うご》くと思《おも》いますか？」

風見《かざみ》は背後《はいご》に座《すわ》る公安部《こうあんぶ》の刑事《けいじ》たちを指《さ》し示《しめ》した。大勢《おおぜい》の公安刑事《こうあんけいじ》が一斉《いっせい》に目暮《めぐれ》に目《め》を向《む》ける。

反論《はんろん》できない目暮《めぐれ》は悔《くや》しそうに「うう……」と小《ちい》さなうなり声《ごえ》を上《あ》げた。


「そうですか……」

妃法律事務所《きさきほうりつじむしょ》のデスクで電話《でんわ》をしていた英理《えり》は、落胆《らくたん》した顔《かお》で受話器《じゅわき》を置《お》くと、コナンと蘭《らん》に向《む》かって首《くび》を横《よこ》に振《ふ》った。

「そんな……なんで誰《だれ》も弁護《べんご》してくれないの⁉」

「大事件《だいじけん》だから？」

コナンがたずねると、英理《えり》はハァ……とため息《いき》をつき、額《ひたい》に手《て》をやった。

「そうね。あと、弁護《べんご》する被疑者《ひぎしゃ》が『眠《ねむ》りの小五郎《こごろう》』っていう有名人《ゆうめいじん》なんで、どの弁護士《べんごし》も尻込《しりご》みしちゃってね……」

そのとき、コンコンとドアをノックする音《おと》がした。

「どうぞ」

「失礼《しつれい》します」

と入《はい》ってきたのは白鳥《しらとり》だった。

「ニュースになる前《まえ》にお伝《つた》えすべきかと思《おも》いまして」

「何《なに》か？」

英理《えり》のデスクの前《まえ》で立《た》ち止《ど》まった白鳥《しらとり》は、言《い》いにくそうに目《め》を伏《ふ》せた。

「……毛利《もうり》さんが、送検《そうけん》されます」

「!!」

コナンたちは驚《おどろ》いて白鳥《しらとり》を見《み》た。

「送検《そうけん》に足《た》る証拠《しょうこ》はあるんですか!?」

「現場《げんば》にあった毛利《もうり》さんの指紋《しもん》。パソコンにあった現場見取《げんばみと》り図《ず》やサミットの予定表《よていひょう》。そして、引火物《いんかぶつ》へのアクセスログ……」

白鳥《しらとり》の答《こた》えを厳《きび》しい表情《ひょうじょう》で聞《き》いていた英理《えり》はうつむき、ため息《いき》をついた。

「送検《そうけん》するには十分《じゅうぶん》ね……」

「なんで……お父《とう》さんが……」

涙《なみだ》があふれてきて、蘭《らん》は両手《りょうて》で顔《かお》を覆《おお》った。英理《えり》が蘭《らん》に近《ちか》づき、なぐさめるようにやさしく抱《だ》きしめる。

英理《えり》の腕《うで》の中《なか》で泣《な》き崩《くず》れる蘭《らん》を見《み》て、コナンはクッ……と唇《くちびる》を噛《か》んだ。

(待《ま》ってろ、蘭《らん》。オレがゼッテーおっちゃんを助《たす》けてやっから！)


阿笠博士《あがさはかせ》からの留守電《るすでん》を聞《き》いたコナンは、すぐに阿笠邸《あがさてい》を訪《おとず》れた。

「博士《はかせ》！ 見《み》つかったって？」

阿笠博士《あがさはかせ》は地下《ちか》にある灰原《はいばら》の部屋《へや》にいた。パソコンに向《む》かっている灰原《はいばら》の隣《となり》で、モニターを見《み》ている。

「おう、来《き》たか。ほれ」

コナンは阿笠博士《あがさはかせ》たちに近《ちか》づいてスマホをパソコンデスクに置《お》くと、モニターを見《み》た。

破片《はへん》を繋《つな》ぎ合《あ》わせた鉄製《てっせい》の物体《ぶったい》が映《うつ》っている。

「……確《たし》かに、爆弾《ばくだん》に見《み》えるかも」

「君《きみ》に頼《たの》まれて、飛《と》び散《ち》った破片《はへん》をドローンで撮影《さつえい》したじゃろ？　その画像《がぞう》をパズルみたいに繋《つな》ぎ合《あ》わせて復元《ふくげん》したんじゃ。今《いま》、爆弾《ばくだん》の種類《しゅるい》を特定《とくてい》するため、哀君《あいくん》がネット上《じょう》のあらゆる画像《がぞう》と照合《しょうごう》してくれとる」

モニターではものすごい速《はや》さでネット上《じょう》の画像《がぞう》が次々《つぎつぎ》に照合《しょうごう》され、灰原《はいばら》がエンターキーを押《お》すと『COMPLETE《コンプリート》』の文字《もじ》が一番上《いちばんうえ》に表示《ひょうじ》された。

「よし、あったわよ、合致《がっち》するものが」

コナンと阿笠博士《あがさはかせ》は身《み》を乗《の》り出《だ》してモニターを見《み》た。

「ん？　なんだ……？」

「詳細出《しょうさいだ》すわね」

灰原《はいばら》がキーボードを叩《たた》くと、拡大表示《かくだいひょうじ》されていた画像《がぞう》がどんどんズームアウトされて、その全貌《ぜんぼう》が映《うつ》し出《だ》された。それは両側《りょうがわ》に取《と》っ手《て》のついた深《ふか》い鍋《なべ》みたいな形《かたち》をしていて、側《そく》面《めん》には黒《くろ》いタッチパネルがついていた。『IoT圧力《アイオーティーあつりょく》ポット』と書《か》かれている。

「IoT圧力《アイオーティーあつりょく》ポット？」

「『圧力《あつりょく》なべをポットの形《かたち》にした優《すぐ》れもの。スマホから圧力《あつりょく》、温度《おんど》、時間《じかん》を設定《せってい》するだけでスープなどの調理《ちょうり》ができる』だって」

圧力《あつりょく》ポットのホームページには、ポットの料理《りょうり》を楽《たの》しんでいる家族《かぞく》や調理例《ちょうりれい》のイメージ画像《がぞう》があった。IoT《アイオーティー》とは、「Internet of Things《インターネットオブシングス》」の略《りゃく》で、〝物《もの》〟がインターネットにつながることで、離《はな》れたところにあるその〝物《もの》〟の状態《じょうたい》を知《し》り、操作《そうさ》できるようになるしくみのことだ。

「調理《ちょうり》？」

コナンが訊《き》くと、灰原《はいばら》はドローンで撮影《さつえい》した爆発現場《ばくはつげんば》の画像《がぞう》を表示《ひょうじ》した。

「圧力《あつりょく》ポットの他《ほか》にフライパンやお鍋《なべ》や食器類《しょっきるい》も散乱《さんらん》してたから、爆発《ばくはつ》した場所《ばしょ》は施設内《しせつない》にある飲食店《いんしょくてん》の厨房《ちゅうぼう》だったようね」

灰原《はいばら》はさらに爆破《ばくは》されたレストランのホームページを開《ひら》いた。レストランの情報《じょうほう》に加《くわ》え、厨房《ちゅうぼう》や店内《てんない》、料理《りょうり》の写真《しゃしん》なども載《の》っている。

「なんだよ！　爆弾《ばくだん》じゃなかったのかよ!!」

破片《はへん》を繋《つな》ぎ合《あ》わせた物《もの》が圧力《あつりょく》ポットだと知《し》ったコナンは声《こえ》を荒《あら》げた。灰原《はいばら》がコナンをキッとにらむ。コナンの態度《たいど》を見《み》かねた阿笠博士《あがさはかせ》が「こら！」と叱《しか》りつけた。

「爆発物《ばくはつぶつ》を探《さが》せっていう君《きみ》の頼《たの》みで、哀君《あいくん》もこうやって頑張《がんば》ってくれてるんじゃぞ。それをなんじゃや。君《きみ》らしくもない」

「……悪《わる》かった」

コナンはうつむいたまま目《め》も合《あ》わさずに謝《あやま》った。その態度《たいど》を見《み》て灰原《はいばら》が眉《まゆ》をひそめる。

「どうしたの？　何《なに》かあった？」

「小五郎《こごろう》のおっちゃんが……送検《そうけん》された」

「え⁉」


その頃《ころ》。人気《ひとけ》のない路地裏《ろじうら》で、イヤホンを差《さ》し込《こ》んだスマホの画面《がめん》を見《み》ている者《もの》がいた。

画面《がめん》には、ローアングルで撮《と》られたコナン、灰原《はいばら》、阿笠博士《あがさはかせ》が映《うつ》っている。

それはパソコンデスクに置《お》いたコナンのスマホから撮《と》られた映像《えいぞう》だった。


スケボーを抱《かか》えたコナンが妃法律事務所《きさきほうりつじむしょ》に戻《もど》ってくると、事務所《じむしょ》の前《まえ》に若《わか》い女性《じょせい》が佇《たたず》んでいた。

（誰《だれ》だ？）

コナンは女性《じょせい》のジャケットの襟《えり》に弁護士記章《べんごしきしょう》がついているのに気《き》づいた。

事務所《じむしょ》の前《まえ》に立《た》っていたその女性弁護士《じょせいべんごし》は、橘境子《たちばなきょうこ》と名乗《なの》った。

少《すこ》しはねたショートカットの髪《かみ》に丸《まる》メガネをかけた境子《きょうこ》は、地味《じみ》なパンツスーツといいどことなく野暮《やぼ》ったい印象《いんしょう》を受《う》ける。

「え？　今《いま》なんと？」

自分《じぶん》のデスクで話《はなし》を聞《き》いていた英理《えり》は、驚《おどろ》いたように顔《かお》を上《あ》げた。

「ですから、私《わたし》、橘境子《たちばなきょうこ》に『眠《ねむ》りの小五郎《こごろう》』を弁護《べんご》させてください！」

境子《きょうこ》はそう言《い》って元気《げんき》よくお辞儀《じぎ》をした。そしてコナンと蘭《らん》がぽかんと見《み》つめる中《なか》、鞄《かばん》から資料《しりょう》を取《と》り出《だ》して英理《えり》の前《まえ》に置《お》いた。

「私《わたし》がこれまでに扱《あつか》った事件《じけん》です」

それは数《すう》ページのコピーをクリップで留《と》めた三《さん》、四部《よんぶ》ほどの物《もの》で、英理《えり》はササッとデスクに広《ひろ》げて見《み》た。

「『二条院大学過激派事件《にじょういんだいがくかげきはじけん》』に『経産省《けいさんしょう》スパイ事件《じけん》』……公安事件《こうあんじけん》が多《おお》いのねぇ」

「あ、じゃあ今回《こんかい》の事件《じけん》にピッタリ――」

蘭《らん》が言《い》い終《お》わらないうちに、コナンがたずねた。

「それで、お姉《ねえ》さんの裁判《さいばん》の勝敗《しょうはい》は？」

「え？　ボク、難《むずか》しい言葉《ことば》知《し》ってるのね」

驚《おどろ》いて振《ふ》り返《かえ》った境子《きょうこ》は、コナンの目線《めせん》に合《あ》わせるように腰《こし》を落《お》とした。

「全部負《ぜんぶま》けてるの」

「え……」

ドン引《び》きするコナンのそばで、蘭《らん》が「は？」と固《かた》まる。

「あ……でも、公安事件《こうあんじけん》は難《むずか》しいのよね」

資料《しりょう》を読《よ》んでいた英理《えり》がフォローすると、境子《きょうこ》は「はい」と立《た》ち上《あ》がった。

「検察《けんさつ》が起訴《きそ》した事件《じけん》の勝率《しょうりつ》は、ご存《ぞん》じのとおり九割以上《きゅうわりいじょう》」

「それが公安事件《こうあんじけん》だともっと上《あ》がる」

「つまり勝《か》てるわけないんです」

境子《きょうこ》はケロっとした顔《かお》で言《い》うと、スマホを取《と》り出《だ》して見《み》せた。

「でも私《わたし》は『ケー弁《べん》』なので……」

「ケーベン？」

蘭《らん》が訊《き》き返《かえ》すと、英理《えり》が代《か》わりに説明《せつめい》した。

「事務所《じむしょ》を持《も》たず携帯電話《けいたいでんわ》で仕事《しごと》を取《と》る、フリーの弁護士《べんごし》のことよ」

「だから不利《ふり》な裁判《さいばん》でもやらないと！」

と言《い》う境子《きょうこ》を、蘭《らん》は怪訝《けげん》そうに見《み》つめた。

「……それでお父《とう》さんの裁判《さいばん》を？」

「弁護士《べんごし》を探《さが》してるんですよね？　弁護士会《べんごしかい》で聞《き》きました。やらせてください！」

英理《えり》に向《む》き直《なお》った境子《きょうこ》は真剣《しんけん》な顔《かお》つきだった。

「そうねぇ……」

「ちょ、ちょっとお待《ま》ちください！」

蘭《らん》はそう言《い》って英理《えり》を部屋《へや》の奥《おく》へ引《ひ》っ張《ぱ》った。


「ダメよ、お母《かあ》さん！　あの弁護士《べんごし》、全然勝《ぜんぜんか》つ気《き》ない」

蘭《らん》に小声《こごえ》で言《い》われた英理《えり》は、コナンに話《はな》しかけている境子《きょうこ》をチラリと振《ふ》り返《かえ》った。

「でも見《み》るからにダメ弁護士《べんごし》だから、検察側《けんさつがわ》がなめてくれるかも……」

「そんなんじゃ勝《か》てないよ！　やっぱ国選弁護人《こくせんべんごにん》に頼《たの》んだ方《ほう》が――」

「それだと私《わたし》が出《で》しゃばれない」

「え？」

「でもあの人《ひと》なら私《わたし》が口《くち》を出《だ》せる」

英理《えり》に真面目《まじめ》な顔《かお》で言《い》われた蘭《らん》は、改《あらた》めて境子《きょうこ》を見《み》た。

「……だとしても、不安《ふあん》しかないよ」

何《なに》やらコナンと話《はなし》がはずんでいる境子《きょうこ》を見《み》て、蘭《らん》は不満《ふまん》そうにつぶやいた。


東京地方検察庁《とうきょうちほうけんさつちょう》・検事室《けんじしつ》。

日下部誠検事《くさかべまことけんじ》の部屋《へや》は西側《にしがわ》に窓《まど》があり、ブラインドから柔《やわ》らかな西日《にしび》が差《さ》し込《こ》んでいた。

髪《かみ》をオールバックにしてネクタイをきっちり締《し》めた日下部《くさかべ》は、窓際《まどぎわ》に置《お》いたサボテンに霧吹《きりふ》きで水《みず》を与《あた》えると、ゆっくりと自分《じぶん》のデスクを振《ふ》り返《かえ》った。右側《みぎがわ》のデスクには記録係《きろくがかり》、さらに自分《じぶん》のデスクの前《まえ》には警察《けいさつ》から連《つ》れてこられた毛利小五郎《もうりこごろう》が座《すわ》っている。

「警察《けいさつ》では否認《ひにん》を続《つづ》けたそうですね」

「当然《とうぜん》だろ。俺《おれ》は何《なに》もやっちゃいねぇ」

小五郎《こごろう》がぶっきらぼうに言《い》うと、記録係《きろくがかり》はキーボードで文字《もじ》を打《う》ち込《こ》んでいった。デスクについた日下部《くさかべ》が証拠資料《しょうこしりょう》のファイルを持《も》ち上《あ》げて見《み》せる。

「しかし、あなたを犯人《はんにん》とする証拠《しょうこ》がこんなにありますが？」

「それがわからねぇんだ、検事《けんじ》さん！　誰《だれ》かが俺《おれ》をはめたとしか思《おも》えねぇ！」

手元《てもと》の資料《しりょう》を見《み》ていた日下部《くさかべ》は、ゆっくりと視線《しせん》を小五郎《こごろう》に移《うつ》した。

その頃《ころ》、白鳥《しらとり》が再《ふた》び妃法律事務所《きさきほうりつじむしょ》を訪《おとず》れていた。

「今回《こんかい》の爆破事件《ばくはじけん》、地検公安部《ちけんこうあんぶ》の日下部検事《くさかべけんじ》が担当《たんとう》することになりました」

白鳥《しらとり》がデスクについていた英理《えり》に報告《ほうこく》すると、そばにいた境子《きょうこ》は「あら大変《たいへん》」と他人事《ひとごと》のように言《い》った。英理《えり》がハァ……と頬杖《ほおづえ》をつく。

「公安事件《こうあんじけん》の弁護《べんご》をすることが少《すく》ない私《わたし》でも、名前《なまえ》は知《し》ってる」

「そんなにすごい検事《けんじ》さんなの？」

蘭《らん》がたずねると、

「妃先生《きさきせんせい》と同《おな》じで、負《ま》け知《し》らずの敏腕検事《びんわんけんじ》。私《わたし》とは真逆《まぎゃく》ね」

境子《きょうこ》は肩《かた》をすくめて自嘲気味《じちょうぎみ》に笑《わら》った。不安《ふあん》げにうつむく蘭《らん》を見《み》て、コナンは空気《くうき》を変《か》えようとデスクに置《お》かれた境子《きょうこ》の取扱事件記録《とりあつかいじけんきろく》を指差《ゆびさ》した。

「あ。ボク、この事件《じけん》知ってるよ。『NAZU《ナズ》不正《ふせい》アクセス事件《じけん》』」

「え？　NAZU《ナズ》ってアメリカで宇宙開発《うちゅうかいはつ》してる、あの有名《ゆうめい》な？」

蘭《らん》が感心《かんしん》して見《み》ると、境子《きょうこ》は記録《きろく》を覗《のぞ》き込《こ》んだ。

「ああ。去年《きょねん》、ゲーム会社《がいしゃ》の社員《しゃいん》が遊《あそ》びでアクセスしたって事件《じけん》。このときの検事《けんじ》も日下部《くさかべ》さんだったんです」

「その裁判《さいばん》も……」

蘭《らん》がおずおずとたずねると、

「もちろん負《ま》けてます」

境子《きょうこ》は手《て》をひらひらと振《ふ》りながらあっさり言《い》った。

「もちろんって……」

（オイオイ……）

空気《くうき》を変《か》えるどころかよけいに蘭《らん》を不安《ふあん》にさせてしまったコナンは、がっくりと肩《かた》を落《お》として境子《きょうこ》を見《み》た。

その夜《よる》。日下部《くさかべ》は岩井紗世子統括捜査官《いわいさよことうかつそうさかん》の部屋《へや》である統括検事室《とうかつけんじしつ》を訪《おとず》れた。

紗世子《さよこ》の部屋《へや》はウォーターサーバーやオシャレな小物《こもの》が並《なら》び、タイトスカートのスーツに身《み》を包《つつ》んだ紗世子《さよこ》は日下部《くさかべ》の報告《ほうこく》を聞《き》きながら棚《たな》の上《うえ》の小物《こもの》をあれこれいじっていた。

「本日取《ほんじつと》り調《しら》べをした結果《けっか》ですが、毛利小五郎《もうりこごろう》に爆破《ばくは》テロの動機《どうき》が全《まった》くないのが気《き》になります」

「ふーん、動機《どうき》ねえ……」

小物《こもの》を並《なら》び替《か》えた紗世子《さよこ》は満足《まんぞく》げに微笑《ほほえ》むと、切《き》れ長《なが》のきつい目《め》を日下部《くさかべ》に向《む》けた。そして、自分《じぶん》のデスクに向《む》かい、置《お》かれた証拠《しょうこ》ファイルをチラリと見《み》る。

「でも証拠《しょうこ》がこれだけあるわけだし、明日《あした》にも起訴《きそ》でいいんじゃない？」

「し、しかし……」

ドアのそばにいた日下部《くさかべ》は紗世子《さよこ》のデスクに歩《あゆ》み寄《よ》り、証拠《しょうこ》ファイルを開《ひら》いて指差《ゆびさ》した。

「例《たと》えば、爆発現場《ばくはつげんば》のガス栓《せん》にアクセスしたとされるこの記録《きろく》ですが、被疑者《ひぎしゃ》のパソコンが第三者《だいさんしゃ》に中継点《ちゅうけいてん》にされた可能性《かのうせい》も考《かんが》えられます。そのうえで、見取《みと》り図《ず》や予定表《よていひょう》といった証拠《しょうこ》を被疑者《ひぎしゃ》のパソコンに残《のこ》し、罪《つみ》をかぶせた可能性《かのうせい》も十分《じゅうぶん》に考《かんが》えられ……」

デスクに頬杖《ほおづえ》をつきながら聞《き》いていた紗世子《さよこ》は「日下部主任《くさかべしゅにん》」とさえぎり、証拠《しょうこ》ファイルの別《べつ》のページを開《ひら》いた。

「それはこの証拠《しょうこ》を無視《むし》した、あなたの勝手《かって》な推理《すいり》よ」

と高圧《こうあつ》ケーブルの格納扉《かくのうとびら》に焼《や》きついた指紋写真《しもんしゃしん》を指差《ゆびさ》す。

「岩井統括《いわいとうかつ》。私《わたし》は警察《けいさつ》に追加《ついか》の捜査《そうさ》をさせ、その結果《けっか》を見《み》てから起訴《きそ》するかどうか決定《けってい》したいと思《おも》――」

「いいえ!!」

紗世子《さよこ》が力強《ちからづよ》く言《い》った。

「毛利小五郎《もうりこごろう》は起訴《きそ》しなさい。これは公安部《こうあんぶ》の判断《はんだん》よ。いいわね？」

「その公安部《こうあんぶ》とは、我々検察庁《われわれけんさつちょう》ですか？　それとも、警察庁《けいさつちょう》の方《ほう》ですか？」

デスクの小物《こもの》に手《て》を伸《の》ばした紗世子《さよこ》は、横目《よこめ》でチラリと日下部《くさかべ》を見《み》ると、

「以上《いじょう》です。出《で》ていきなさい」

再《ふたた》び手《て》にした小物《こもの》に目《め》を移《うつ》した。日下部《くさかべ》はしばらくデスクの前《まえ》に立《た》っていたが、あきらめてドアに向《む》かうと、紗世子《さよこ》はクルリと椅子《いす》を回《まわ》して背《せ》を向《む》けた。

4

小五郎《こごろう》が逮捕《たいほ》されて三日目《みっかめ》。白鳥《しらとり》は朝《あさ》から妃法律事務所《きさきほうりつじむしょ》を訪《おとず》れていた。

「追加《ついか》の捜査《そうさ》を求《もと》められた？」

デスクのそばに立《た》っていた英理《えり》が訊《き》き返《かえ》すと、白鳥《しらとり》は「はい。日下部検事《くさかべけんじ》に」と答《こた》えた。

コナンと向《む》かい合《あ》って応接《おうせつ》セットに座《すわ》っていた蘭《らん》が身《み》を乗《の》り出《だ》す。

「じゃあその捜査《そうさ》次第《しだい》で、お父《とう》さんが不起訴《ふきそ》になるってことも……」

「いえ……追加捜査《ついかそうさ》は日下部検事《くさかべけんじ》の一存《いちぞん》で、公安警察《こうあんけいさつ》は起訴《きそ》を決《き》めたようです」

白鳥《しらとり》の言葉《ことば》に、英理《えり》は「ちょっと」と眉《まゆ》をひそめた。

「なんで警察《けいさつ》が起訴《きそ》に口出《くちだ》すの？　警察《けいさつ》は検察《けんさつ》に監督《かんとく》される立場《たちば》のはず。何《なに》より起訴《きそ》は検《けん》察官《さつかん》の独占的権限《どくせんてきけんげん》で……あっ」

と何《なに》かを思《おも》い出《だ》した英理《えり》に、資料棚《しりょうだな》の前《まえ》に立《た》っていた境子《きょうこ》は「ええ。おっしゃるとおりです」と話《はなし》に入《はい》ってきた。

「ただ、それは検察《けんさつ》の刑事部《けいじぶ》や特捜部《とくそうぶ》の場合《ばあい》です。公安部《こうあんぶ》については少《すこ》し事情《じじょう》が異《こと》なるのは、先生《せんせい》もご承知《しょうち》のはず」

そこまで言《い》って、境子《きょうこ》はふとコナンと蘭《らん》の視線《しせん》に気《き》づいた。応接《おうせつ》セットに座《すわ》った二人《ふたり》は、きょとんとした顔《かお》で境子《きょうこ》を見《み》ている。

「ああ、そっか。一口《ひとくち》に公安部《こうあんぶ》と言《い》ってもね、警《けい》視庁《しちょう》、警察庁《けいさつちょう》、検察庁《けんさつちょう》にはそれぞれの公安部《こうあんぶ》があるの。警察《けいさつ》は捜査《そうさ》した結果《けっか》を検察《けんさつ》に送《おく》るけど、検《けん》察《さつ》はそれを受《う》けて改《あらた》めて事件《じけん》を調《しら》べるのね。容疑《ようぎ》者《しゃ》を起訴《きそ》するかどうかは、この検察《けんさつ》の調《しら》べを踏《ふ》まえて、検察官《けんさつかん》が判断《はんだん》するのが普通《ふつう》です。でも、検《けん》察《さつ》の公安部《こうあんぶ》だけは違《ちが》う」

説明《せつめい》しながら歩《ある》き出《だ》した境子《きょうこ》は、ガラス張《ば》りの壁面《へきめん》の前《まえ》で立《た》ち止《ど》まり、左手《ひだりて》を窓《まど》についた。

<境子《きょうこ》のセリフを補足《ほそく》すると……>

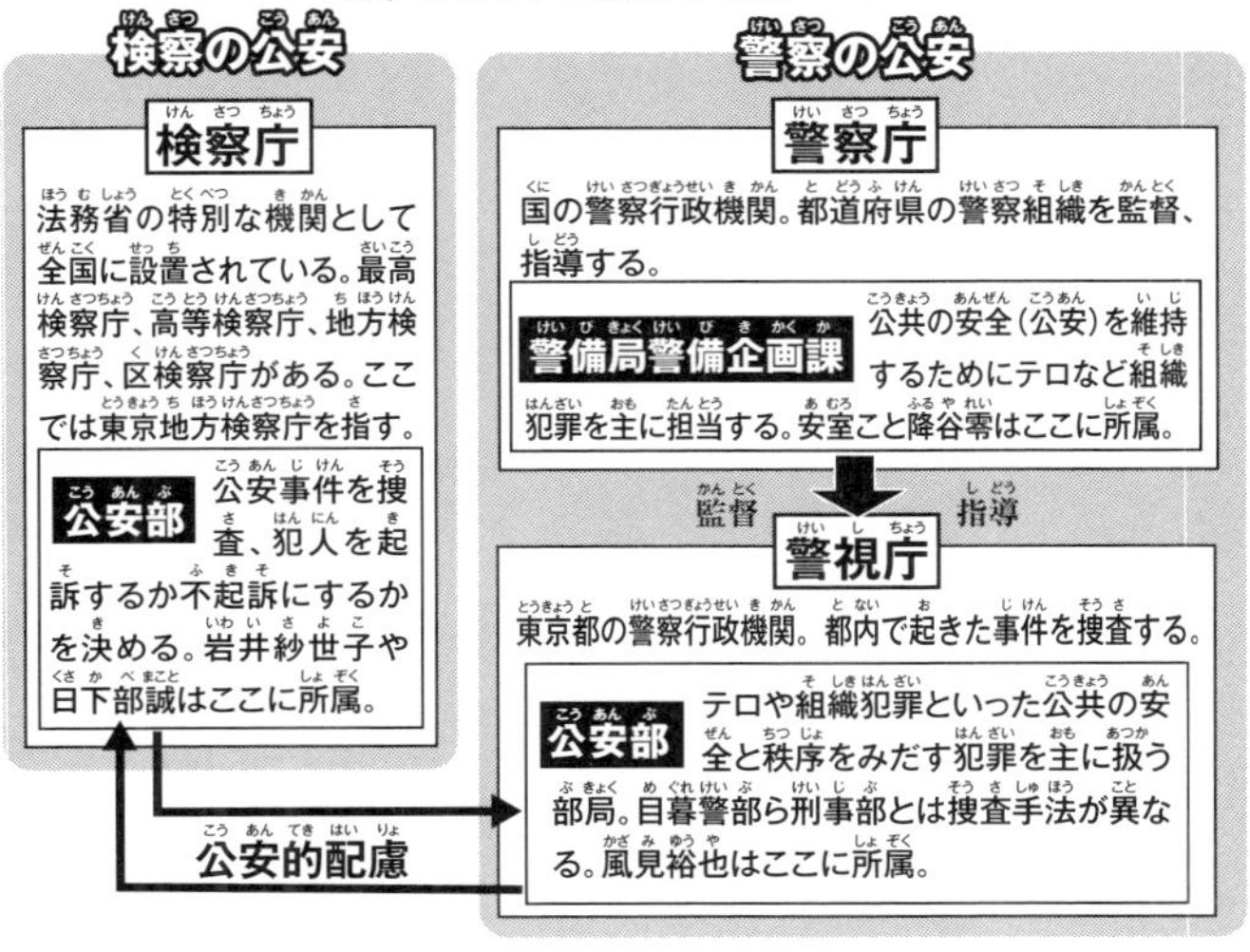

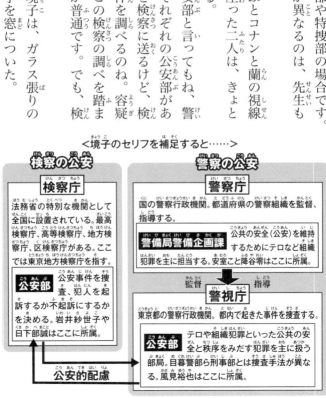

「はっきり言《い》って、検察《けんさつ》の公安《こうあん》は警察《けいさつ》の公安《こうあん》に歯《は》が立《た》たないんです。捜査員《そうさいん》の人数《にんずう》やノウハウに雲泥《うんでい》の差《さ》がありますからね。だから……起訴《きそ》にも『公安的配慮《こうあんてきはいりょ》』が働《はたら》くときがある」

（公安的配慮《こうあんてきはいりょ》……）

コナンが心《こころ》の中《なか》でつぶやくと、境子《きょうこ》は眼下《がんか》に広《ひろ》がる街《まち》の景色《けしき》を見下《みお》ろした。


その頃《ころ》。とある場所《ばしょ》で妃法律事務所《きさきほうりつじむしょ》の会話《かいわ》を盗聴《とうちょう》している者《もの》がいた。

褐色《かっしょく》の耳《みみ》に差《さ》し込《こ》んだワイヤレスイヤホンから境子《きょうこ》の声《こえ》が聞《き》こえてくる。

『特《とく》にサミット会場《かいじょう》の爆破《ばくは》なんて、公安警察《こうあんけいさつ》の顔《かお》に泥《どろ》を塗《ぬ》ったも同《おな》じ。必《かなら》ず起訴《きそ》しろという圧力《あつりょく》が容易《ようい》に想像《そうぞう》できます』


「それじゃあ、お父《とう》さんは……」

蘭《らん》が不安《ふあん》そうにたずねると、窓《まど》の外《そと》を見《み》ていた境子《きょうこ》はゆっくりと振《ふ》り返《かえ》った。

「ええ。きっと起訴《きそ》されます」

「そんな……」

落胆《らくたん》する蘭《らん》にコナンはかける言葉《ことば》もなく、窓際《まどぎわ》に立《た》つ境子《きょうこ》を振《ふ》り返《かえ》った。どこか悲《かな》しげな顔《かお》で蘭《らん》を見《み》ているが、その口《くち》ぶりにコナンは違和感《いわかん》を覚《おぼ》えていた。

(この弁護士《べんごし》。まるで起訴《きそ》を望《のぞ》んでいるみたいだ……)


白鳥《しらとり》が帰《かえ》った後《あと》、コナンは目暮《めぐれ》から情報《じょうほう》を訊《き》きだそうと警視庁《けいしちょう》を訪《おとず》れた。受付《うけつけ》でもらったビジターカードを胸《むね》につけてエントランスホールで待《ま》っていると、目暮《めぐれ》がやってきた。

「小五郎《こごろう》おじさんのパソコンが、誰《だれ》かに操《あやつ》られた可能性《かのうせい》を調《しら》べているんだよね?」

コナンはスケボーをエントランスホールのベンチに立《た》てかけ、目暮《めぐれ》の隣《となり》に座《すわ》った。

「まぁ確《たし》かに、日下部《くさかべ》検事《けんじ》に追加《ついか》の捜査《そうさ》を頼《たの》まれてはいるんだが……」

「言《い》える範囲《はんい》でいいから教《おし》えて。新一兄《しんいちにい》ちゃんが小五郎《こごろう》おじさんを助《たす》けるために、どんな情報《じょうほう》でもいいから欲《ほ》しいって——」

「毛利先生《もうりせんせい》がどうしたって?」

コナンが驚《おどろ》いて前《まえ》を向《む》くと、目《め》の前《まえ》にビジターカードを胸《むね》につけた安室《あむろ》が立《た》っていた。

「……聞《き》いてたの?」

コナンが鋭《するど》い目《め》を向《む》けると、安室《あむろ》は平然《へいぜん》とした顔《かお》で「何《なに》を？」と言《い》った。

「僕《ぼく》は毛利先生《もうりせんせい》が心配《しんぱい》で、ポアロから差《さ》し入《い》れを持《も》ってきただけだよ」

と手《て》にした紙袋《かみぶくろ》を見《み》せる。

「あ、毛利君《もうりくん》はもうここにはいないよ」

「送検《そうけん》されたら原則《げんそく》、身柄《みがら》は拘置所《こうちしょ》へ行《い》く。安室《あむろ》さんが知《し》らないはずないよね」

目暮《めぐれ》の後《あと》にコナンが皮肉《ひにく》めいた言葉《ことば》を投《な》げかけると、

「へえ、そうなんだ。君《きみ》は相変《あいか》わらず物知《ものし》りだね」

安室《あむろ》は感心《かんしん》したような芝居《しばい》を打《う》ち、踵《きびす》を返《かえ》して歩《ある》き出《だ》した。目暮《めぐれ》が「あ」と立《た》ち上《あ》がる。

「それから、拘置所《こうちしょ》にこういったものは差《さ》し入《い》れできないよ」

「わかりました」

安室《あむろ》は振《ふ》り返《かえ》らずに右手《みぎて》を軽《かる》く上《あ》げ、正面玄関《しょうめんげんかん》に向《む》かった。コナンがその後《うし》ろ姿《すがた》を目《め》で追《お》い続《つづ》ける。

（何《なに》が狙《ねら》いなんだ……）

そのとき。正面玄関《しょうめんげんかん》から入《はい》ってくる人《ひと》の中《なか》に、見覚《みおぼ》えのある人物《じんぶつ》がいた。風見《かざみ》だ。

正面玄関《しょうめんげんかん》から出《で》ようとした安室《あむろ》は、入《はい》ってきた風見《かざみ》とすれ違《ちが》った。

『『2291』、投入成功《とうにゅうせいこう》』

すれ違《ちが》いざま、風見《かざみ》は前《まえ》を向《む》いたまま小声《こごえ》で言《い》った。互《たが》いに足《あし》を止《と》めることなく、反対《はんたい》方向《ほうこう》に進《すす》んでいく。

安室《あむろ》の姿《すがた》を目《め》で追《お》っていたコナンは、二人《ふたり》がすれ違《ちが》う瞬間《しゅんかん》、風見《かざみ》の唇《くちびる》が動《うご》いたのを見逃《みのが》さなかった。

(なんだ？　安室《あむろ》さんに何《なに》を話《はな》した⁉)

ベンチから立《た》ち上《あ》がったコナンは、エントランスホールに入《はい》ってきた風見《かざみ》に駆《か》け寄《よ》った。

「ねぇ、刑事《けいじ》さん！　おじさんちから持《も》ってったパソコン返《かえ》してよ！　ボクの好《す》きなゲームも入《はい》ってるんだから！」

ジャンプして風見《かざみ》の手《て》をつかみ、ぶらんぶらんとぶら下《さ》がりながら、風見《かざみ》のスーツの袖《そで》裏《うら》にシール式発信機《しきはっしんき》を仕込《しこ》む。

「だから、ねー？　おねがーい！」

「あれは証拠物件《しょうこぶっけん》だ。まだ返《かえ》せない」

「こら、コナン君《くん》！　やめなさい」

駆《か》け寄《よ》ってきた目暮《めぐれ》がコナンの襟首《えりくび》をつかんで持《も》ち上《あ》げると、風見《かざみ》はコナンに引《ひ》っ張《ぱ》られたスーツを直《なお》しながら歩《ある》き出《だ》した。

「博士《はかせ》が作《つく》ってくれたソフトなのに〜！」

コナンは残念《ざんねん》がるふりをしながら、去《さ》っていく風見《かざみ》を見《み》つめた。


警視庁《けいしちょう》を後《あと》にしたコナンは、妃法律事務所《きさきほうりつじむしょ》に戻《もど》ってきた。

「あ、コナン君《くん》。何度《なんど》も電話《でんわ》したのよ」

着信《ちゃくしん》あったっけ——蘭《らん》に言《い》われて、コナンはズボンの後《うし》ろポケットからスマホを取《と》り出《だ》して電源《でんげん》ボタンを押《お》した。すると、画面《がめん》にバッテリー切《ぎ》れの表示《ひょうじ》が出《で》た。

「あれ？　バッテリーが切《き》れてる」

「あれで充電《じゅうでん》できる？」

自分《じぶん》のデスクにいた英理《えり》が応接《おうせつ》セットのテーブルに置《お》かれた充電器《じゅうでんき》を指差《ゆびさ》した。

「うん、ありがと」

コナンが充電器《じゅうでんき》にスマホを置《お》くと、充電中《じゅうでんちゅう》を示《しめ》すインジケーターランプが点灯《てんとう》した。

(いつもはもっとバッテリーもつのに……)

「で、なんで電話《でんわ》くれたの？」

「もうすぐ事件《じけん》の資料《しりょう》が届《とど》くの」

「蘭《らん》がコナン君《くん》にも見《み》てほしいって」

英理《えり》の言葉《ことば》に、蘭《らん》は静《しず》かに微笑《ほほえ》んだ。

「だってコナン君《くん》はよく面白《おもしろ》いとこ気《き》づくし……それに、何《なに》かあったら新一《しんいち》に伝《つた》えてくれるかもしれないし……」

新一《しんいち》のことを思《おも》い出《だ》している蘭《らん》はどこか寂《さび》しげに見《み》えて、コナンは胸《むね》が痛《いた》んだ。

「うん！　新一兄《しんいちにい》ちゃんに必《かなら》ず伝《つた》える！」

「……ありがと、コナン君《くん》」

するとドアが開《あ》き、封筒《ふうとう》を持《も》った境子《きょうこ》が入《はい》ってきた。

「お待《ま》たせしました。検察側《けんさつがわ》が申請《しんせい》した証拠《しょうこ》です」

コナンが「え！」と振《ふ》り返《かえ》ると、境子《きょうこ》は裁判所名《さいばんしょめい》の入《はい》った資料封筒《しりょうふうとう》を掲《かか》げた。

その頃《ころ》。安室《あむろ》は雑居《ざっきょ》ビルの一室《いっしつ》にいた。

窓《まど》に目張《めば》りがされた薄暗《うすぐら》い部屋《へや》はほとんど物《もの》もなく、中央《ちゅうおう》にノートパソコンが置《お》かれたテーブルと椅子《いす》があるだけだ。

椅子《いす》に座《すわ》った安室《あむろ》は手《て》にしたスマホを見《み》ていた。画面《がめん》にはローアングルで撮《と》られたコナンが映《うつ》っている。

『ということは、おじさんの起訴《きそ》が決《き》まったの？』

『検察《けんさつ》から間《ま》もなく起訴《きそ》するって連絡《れんらく》があったわ』

耳《みみ》に装着《そうちゃく》したワイヤレスイヤホンからは、コナンと英理《えり》の声《こえ》が聞《き》こえていた。


「お父《とう》さん……」

小五郎《こごろう》の起訴《きそ》が決《き》まったことを知《し》った蘭《らん》は、力《ちから》なくうなだれた。

「大丈夫《だいじょうぶ》。必《かなら》ず助《たす》けるから」

と励《はげ》ました英理《えり》は「あちらへ」と境子《きょうこ》に目配《めくば》せをして、応接《おうせつ》セットへ向《む》かう。

境子《きょうこ》は英理《えり》の正面《しょうめん》に座《すわ》り、封筒《ふうとう》から資料《しりょう》を出《だ》してテーブルに広《ひろ》げた。

「供述調書《きょうじゅつちょうしょ》、現場鑑定書《げんばかんていしょ》、それと現場鑑識写真《げんばかんしきしゃしん》ですね」

「すごい量《りょう》……」

テーブルいっぱいに広《ひろ》げられた資料《しりょう》に蘭《らん》が驚《おどろ》いていると、英理《えり》が現場鑑定書《げんばかんていしょ》に手《て》を伸《の》ばした。英理《えり》の隣《となり》に立《た》っていたコナンも身《み》を乗《の》り出《だ》し、テーブルに並《なら》べられた現場鑑識写真《げんばかんしきしゃしん》を見《み》つめた。

(何《なに》か手《て》がかりを見《み》つけねぇと……クソ、何《なに》かないか……!?)

ナンバリングされた写真《しゃしん》には証拠名《しょうこめい》と説明《せつめい》が記《しる》されていた。

『爆発現場《ばくはつげんば》』『国際会議場《こくさいかいぎじょう》ガラス片《へん》』『毛利小五郎《もうりこごろう》の炭化指紋《たんかしもん》』『高圧《こうあつ》ケーブル爆破片《ばくはへん》』

――その中《なか》に『不詳《ふしょう》』と書《か》かれたガラス片《へん》の写真《しゃしん》があり、コナンはかぶりつくように見《み》た。

「どうしたの?」

正面《しょうめん》に座《すわ》った蘭《らん》に訊《き》かれて、コナンは「え?」と顔《かお》を上《あ》げた。

「いや……どこかで見《み》た気《き》がして……」

それは特《とく》に目立《めだ》つことのない黒《くろ》っぽいガラス片《へん》だった。けれど、コナンはどこかで見《み》たような気《き》がしたのだ。

現場鑑定書《げんばかんていしょ》を手《て》にとって見《み》ていた英理《えり》は、フゥ……とため息《いき》をついた。

「これ見《み》ると、爆破《ばくは》の手口《てぐち》がよくわかるわね……」

「警察《けいさつ》の捜査《そうさ》資料《しりょう》って犯罪《はんざい》の詳《くわ》しい手引書《てびきしょ》みたいなもんですよね」

境子《きょうこ》は別《べつ》の資料《しりょう》を見《み》ながら軽《かる》い口調《くちょう》で言《い》った。

（手引書《てびきしょ》……）

コナンがなんとなく引《ひ》っかかっていると、どこからかスマホの着信《ちゃくしん》メロディが聞《き》こえてきた。境子《きょうこ》がジャケットのポケットからスマホを取《と》り出《だ》し、耳《みみ》に当《あ》てた。

「はい、橘《たちばな》です。……裁判所《さいばんしょ》？」

一同《いちどう》はハッとして境子《きょうこ》に目《め》を向《む》けた。

「……はい。公判前整理手続《こうはんまえせいりてつづ》きですか……」


東京地検《とうきょうちけん》・統括検事室《とうかつけんじしつ》。

夕方《ゆうがた》になり、紗世子《さよこ》がコーヒーメーカーでコーヒーを淹《い》れていると、

「岩井統括《いわいとうかつ》！」

険《けわ》しい顔《かお》つきをした日下部《くさかべ》が部屋《へや》に入《はい》ってきた。

「なぜ私《わたし》に黙《だま》って、起訴《きそ》するなんて連絡《れんらく》を弁護側《べんごがわ》にしたんですか！」

「何度《なんど》も言《い》わせないで。これは公安警察《こうあんけいさつ》の判断《はんだん》よ」

紗世子《さよこ》はコーヒーを片手《かたて》に日下部《くさかべ》の前《まえ》を横切《よこぎ》り、応接《おうせつ》セットのソファに腰《こし》を下《お》ろした。

「起訴《きそ》の判断《はんだん》だけでなく、タイミングまで公安警察《こうあんけいさつ》の言《い》いなりですか」

「それでさっそく明日《あした》、検察側《けんさつがわ》、弁護側《べんごがわ》と公判前整理手続《こうはんまえせいりてつづ》きをしたいと、裁判所《さいばんしょ》から連絡《れんらく》がありました」

「その連絡《れんらく》がなぜ岩井統括《いわいとうかつ》に入《はい》るんですか！　担当検事《たんとうけんじ》は私《わたし》ですよ！」

憤《いきどお》る日下部《くさかべ》を前《まえ》に、紗世子《さよこ》は淡々《たんたん》とした表情《ひょうじょう》でコーヒーを口《くち》にした。そして、

「手続《てつづ》きが終《お》わったら、連絡《れんらく》よろしく」

念《ねん》を押《お》すように言《い》って、日下部《くさかべ》をにらみつけた。


その夜《よる》。安室《あむろ》は喫茶《きっさ》ポアロの従業員《じゅうぎょういん》・榎本梓《えのもとあずさ》と大型《おおがた》スーパーに買《か》い出《だ》しに来《き》ていた。ショッピングカートを押《お》す梓《あずさ》と二人《ふたり》で、通路《つうろ》の両側《りょうがわ》にある大《おお》きな冷凍《れいとう》ショーケースをチェックする。

「ないね〜、あの大《おお》きなアイスクリーム」

「ですねぇ」

すると、梓《あずさ》が前方《ぜんぽう》に店員《てんいん》がいるのを見《み》つけた。

「あ、私《わたし》、店員《てんいん》さんに訊《き》いてくるから、安室《あむろ》さんは小麦粉《こむぎこ》と卵《たまご》をお願《ねが》い」

「梓《あずさ》さんはいいお嫁《よめ》さんになりそうですね」

安室《あむろ》が何気《なにげ》なく言《い》うと、梓《あずさ》はビクッと肩《かた》を跳《は》ね上《あ》げ、「シッ！」と人差《ひとさ》し指《ゆび》を口《くち》に当《あ》てた。

「軽《かる》はずみな言動《げんどう》は避《さ》けて」

「え？」

「安室《あむろ》さんはウチの常連《じょうれん》のＪＫ《ジェイケイ》に大人気《だいにんき》で、この前《まえ》も私《わたし》が言《い》い寄《よ》ってるってネットで大炎《だいえん》上《じょう》だったんだから！」

梓《あずさ》はすばやくスマホを操作《そうさ》して、炎上《えんじょう》したというＳＮＳ《エスエヌエス》の画面《がめん》を見《み》せた。

「今《いま》の時代《じだい》、どこで誰《だれ》が聞《き》き耳《みみ》を立《た》ててるかわかんないですからね！」

そう言《い》って周囲《しゅうい》をキョロキョロと見回《みまわ》すと、店員《てんいん》の方《ほう》へ走《はし》っていく。

「ですね……」

苦笑《にがわら》いした安室《あむろ》はショッピングカートを押《お》して、小麦粉《こむぎこ》の棚《たな》に向《む》かった。

まるで倉庫《そうこ》のような広《ひろ》い店内《てんない》には天井近《てんじょうちか》くまで商品《しょうひん》が積《つ》み上《あ》げられていて、小麦粉《こむぎこ》もたくさんの種類《しゅるい》があった。

「降谷《ふるや》さん」

棚《たな》の向《む》こうから風見《かざみ》の声《こえ》がした。

「なぜ事件《じけん》にすることにこだわるんです？」

安室《あむろ》は顔色一《かおいろひと》つ変《か》えず、棚《たな》から小麦粉《こむぎこ》を取《と》ってカートに入《い》れた。

「事故《じこ》で処理《しょり》されれば、令状一《れいじょうひと》つ取《と》れなくなる」

棚《たな》の向《む》こうの風見《かざみ》も買《か》い物客《ものきゃく》を装《よそお》うように、お菓子《かし》の袋《ふくろ》を持《も》ち上《あ》げた。

「公安《こうあん》なら、令状《れいじょう》なしの違法捜査《いほうそうさ》もできるはずです」

「だからこそ合法的《ごうほうてき》な手段《しゅだん》も残《のこ》しておかないと、自分《じぶん》の首《くび》を絞《し》めることになる」

小麦粉《こむぎこ》をもう一《ひと》つカートに入《い》れた安室《あむろ》は、商品《しょうひん》を見《み》るふりをして棚《たな》の向《む》こうの風見《かざみ》に目《め》を向《む》けた。

「自《みずか》ら行《おこな》った違法《いほう》な作業《さぎょう》は、自《みずか》らカタをつける。それが公安《こうあん》だからな」

その頃《ころ》。買《か》い物客《ものきゃく》でにぎわう大型《おおがた》スーパーの出入《でい》り口《ぐち》のそばで、コナンが一人《ひとり》立《た》っていた。

『しかし、合法的《ごうほうてき》に事件《じけん》を公表《こうひょう》するか、違法《いほう》に隠蔽《いんぺい》するかを決《き》めるのも、我々公安《われわれこうあん》のはずです』

盗聴器《とうちょうき》になっている犯人追跡《はんにんついせき》メガネのツルの先《さき》から、風見《かざみ》の声《こえ》が聞《き》こえてきた。

「もちろんだ。ただし、どちらが最《もっと》も日本《にっぽん》を守《まも》ることになるかを考《かんが》えたうえでな」

巨大《きょだい》な棚《たな》を挟《はさ》んで風見《かざみ》と向《む》かい合《あ》っていた安室《あむろ》は、カートを押《お》して歩《ある》き出《だ》した。すると、

「あ、安室《あむろ》さーん！」

梓《あずさ》が駆《か》けてきた。

「店員《てんいん》さんに教《おし》えてもらったところには、普通《ふつう》のアイスしかなかった！」

安室《あむろ》は「ああ」と笑顔《えがお》を向《む》けた。

「店員《てんいん》さんに訊《き》くときに『業務用《ぎょうむよう》アイスクリーム』って言《い》わないと、あれはきっと売《う》り場《ば》別《べつ》ですから」

「あ、そっか」

笑《わら》いながら店員《てんいん》のところへ向《む》かう二人《ふたり》を棚越《たなご》しに見《み》た風見《かざみ》は、逆方向《ぎゃくほうこう》に歩《ある》き出《だ》した。

5

小五郎《こごろう》が逮捕《たいほ》されて四日目《よっかめ》。

東京地方裁判所《とうきょうちほうさいばんしょ》の一室《いっしつ》で公判前整理手続《こうはんまえせいりてつづ》きが始《はじ》まり、境子《きょうこ》と日下部《くさかべ》は裁判官《さいばんかん》の机《つくえ》の前《まえ》に並《なら》んで立《た》った。

「ではまず検察官《けんさつかん》から、証明予定事実《しょうめいよていじじつ》を明《あき》らかにし、証拠《しょうこ》を開示《かいじ》してください」

「はい。ではまず証拠《しょうこ》の一覧《いちらん》から提出《ていしゅつ》いたします」

日下部《くさかべ》は鞄《かばん》から証拠《しょうこ》の一覧表《いちらんひょう》を取《と》り出《だ》した。

東京地方裁判所《とうきょうちほうさいばんしょ》の廊下《ろうか》で、蘭《らん》は英理《えり》やコナンと一緒《いっしょ》に公判前整理手続《こうはんまえせいりてつづ》きが終《お》わるのを待《ま》っていた。

「蘭《らん》、落《お》ち着《つ》いて」

英理《えり》はベンチの前《まえ》をうろうろと歩《ある》き回《まわ》る蘭《らん》に声《こえ》をかけた。

「でも……」

「今日《きょう》はまだ裁判《さいばん》じゃないんだよね？」

ベンチに腰《こし》かけたコナンは隣《となり》の英理《えり》にたずねた。

「そう。『公判前整理手続《こうはんまえせいりてつづ》き』。争点《そうてん》や証拠《しょうこ》を絞《しぼ》り込《こ》んで、日取《ひど》りを決《き》めるだけ」

英理《えり》は「言《い》ったでしょ？」と立《た》っている蘭《らん》を見《み》た。

「そうだけど……」

そのとき、部屋《へや》から日下部《くさかべ》と境子《きょうこ》が出《で》てきた。蘭《らん》が「境子先生《きょうこせんせい》！」と駆《か》け寄《よ》っていき、英理《えり》とコナンも後《あと》に続《つづ》く。

境子《きょうこ》の先《さき》を歩《ある》いてきた日下部《くさかべ》は、鞄《かばん》からスマホを取《と》り出《だ》した。

コナンが日下部《くさかべ》とすれ違《ちが》ったとき、ピッポッパッ……と音《おと》がして、コナンは振《ふ》り返《かえ》った。

スマホのロックを解除《かいじょ》するために暗証番号《あんしょうばんごう》を入力《にゅうりょく》したのだ。

「岩井統括《いわいとうかつ》、日下部《くさかべ》です。たった今《いま》、公判前整理手続《こうはんまえせいりてつづ》きが終《お》わりました」

日下部《くさかべ》は電話《でんわ》をしながら去《さ》っていき、コナンは境子《きょうこ》たちの元《もと》へ向《む》かった。

「日下部検事《くさかべけんじ》が開示《かいじ》した証拠《しょうこ》は？」

「先《さき》にもらっていた証拠《しょうこ》のとおりでした。これが一覧《いちらん》です」

英理《えり》に訊《き》かれた境子《きょうこ》は、手《て》にしていた多《おお》くの検察側証拠《けんさつがわしょうこ》の中《なか》から一覧表《いちらんひょう》を差《さ》し出《だ》した。

「公判期日《こうはんきじつ》は？」

「決定《けってい》しました。それも予定《よてい》どおりです」

境子《きょうこ》はジャケットのポケットに入《い》れたスマホをチラリと見《み》ると、持《も》っていた検察側証拠《けんさつがわしょうこ》を英理《えり》と蘭《らん》に預《あず》けた。

「すみません。ちょっと読《よ》んでてください。お手洗《てあら》い行《い》ってきます」

と走《はし》っていく。しかしトイレは境子《きょうこ》が走《はし》る方向《ほうこう》と逆側《ぎゃくがわ》にあった。

「あ、境子先生《きょうこせんせい》！　トイレ、反対側《はんたいがわ》！」

コナンが声《こえ》をかけたが、聞《き》こえないのか境子《きょうこ》はそのまま走《はし》っていってしまった。

「境子先生《きょうこせんせい》もきっと緊張《きんちょう》してるのよ」

英理《えり》は軽《かる》くため息《いき》をつくと、蘭《らん》と検察側証拠《けんさつがわしょうこ》の確認《かくにん》を始《はじ》めた。

そのとき、コナンの耳元《みみもと》でザザッ……というノイズがした。犯人追跡《はんにんついせき》メガネが盗聴音声《とうちょうおんせい》を受信《じゅしん》したのだ。

『……だ……そう……』

風見《かざみ》の声《こえ》だった。

(これは昨日《きのう》、風見刑事《かざみけいじ》に仕掛《しか》けた……近《ちか》くにいるのか？)

コナンはメガネの左《ひだり》レンズで発信機《はっしんき》の位置《いち》を確認《かくにん》した。すると、発信機《はっしんき》の位置《いち》を示《しめ》す光《こう》点《てん》が、レーダーの中心近《ちゅうしんちか》くで点滅《てんめつ》している。

(近《ちか》い！　まさかこの裁判所《さいばんしょ》の中《なか》に!?)

廊下《ろうか》を走《はし》り出《だ》したコナンは、角《かど》を曲《ま》がって二階《にかい》の踊《おど》り場《ば》に出《で》た。吹《ふ》き抜《ぬ》けになった一階《いっかい》ホールには大勢《おおぜい》の人《ひと》がいる。

(クッ……どこだ!?)

コナンがホールを見回《みまわ》していると――盗聴器《とうちょうき》から着信《ちゃくしん》メロディが聞《き》こえてきた。

(これは境子先生《きょうこせんせい》の着《ちゃく》メロ!?)

『あ、すぐ戻《もど》ります』

スマホで話《はな》す境子《きょうこ》の声《こえ》が聞《き》こえてきて、コナンは驚《おどろ》いてメガネを外《はず》した。

(なんで風見刑事《かざみけいじ》の盗聴器《とうちょうき》から境子先生《きょうこせんせい》の声《こえ》が……たまたま風見刑事《かざみけいじ》の近《ちか》くにいたのか？)

いや、違《ちが》う――コナンはすぐに自分《じぶん》の考《かんが》えを否定《ひてい》した。

(音声《おんせい》を聞《き》いた限《かぎ》り、二人《ふたり》はしばらく近《ちか》い距離《きょり》にいたはず。たまたまじゃない……)

コナンはメガネをかけ直《なお》すと、険《けわ》しい目《め》でホールを見下《みお》ろした。

警視庁《けいしちょう》の大会議室《だいかいぎしつ》では刑事部《けいじぶ》と公安部《こうあんぶ》の合同捜査会議《ごうどうそうさかいぎ》が行《おこな》われ、公安部側《こうあんぶがわ》の席《せき》についた風見《かざみ》が捜査結果《そうさけっか》を報告《ほうこく》していた。

「我々公安部《われわれこうあんぶ》の捜査《そうさ》の結果《けっか》、爆破現場《ばくはげんば》への不正《ふせい》アクセスに『Ｎｏｒ《ノーア》』が使《つか》われていたことがわかりました」

「ノーア？」

黒田《くろだ》と並《なら》んでひな壇《だん》に座《すわ》っていた目暮《めぐれ》が問《と》い返《かえ》す。

「ＩＰ《アイピー》アドレスを暗号化《あんごうか》し、複数《ふくすう》のパソコンを経由《けいゆ》することで辿《たど》れなくするブラウザソフトです」

「ノーアの匿名性《とくめいせい》は解除《かいじょ》できないのか」

黒田《くろだ》の問《と》いに、風見《かざみ》は「原則的《げんそくてき》にできません」と即答《そくとう》した。

「ただ、ノーアのブラウザに構成《こうせい》ミスやバグがあれば、ユーザーを特定《とくてい》できる可能性《かのうせい》があるそうです。逆《ぎゃく》に言《い》えば、犯人《はんにん》のノーアブラウザにこちらから脆弱性《ぜいじゃくせい》を作《つく》れば、追《お》える可《か》能性《のうせい》があります。現在《げんざい》、我々公安部《われわれこうあんぶ》でサーバーを辿《たど》り、ユーザーが特定《とくてい》できる可能性《かのうせい》を探《さぐ》っています」

「ノーアだかなんだか知《し》らんが、毛利君《もうりくん》にそんなことできるかね」

目暮《めぐれ》は反論《はんろん》した。パソコンに詳《くわ》しくない小五郎《こごろう》がそんなソフトを使《つか》えるとは到底思《とうていおも》えないのだ。しかし、

「ノーアは素人《しろうと》でも簡単《かんたん》に使《つか》えます」

風見《かざみ》は冷《つめ》たい目《め》つきで言《い》い放《はな》った。

「そんな……」「一体《いったい》どうなってるの？」

高木《たかぎ》や佐藤《さとう》ら刑事部《けいじぶ》からざわめきが起《お》きた。何《なに》がなんでも小五郎《こごろう》を犯人《はんにん》にしようとする公安部《こうあんぶ》の強引《ごういん》なやり方《ほう》に、誰《だれ》もが疑問《ぎもん》を抱《いだ》き始《はじ》めていた。

そのとき——風見《かざみ》はズボンのポケットから着信振動《ちゃくしんしんどう》したスマホを取《と》り出《だ》した。

「……すみません。招集《しょうしゅう》がかかりました。一時《いちじ》、退席《たいせき》します」

黒田《くろだ》が「うむ」とうなずくと、風見《かざみ》は後方《こうほう》の扉《とびら》から出《で》ていった。


その頃《ころ》。コナンは警視庁《けいしちょう》そばの公園《こうえん》にいた。橋《はし》の近《ちか》くにある休憩所《きゅうけいじょ》の柱《はしら》に寄《よ》りかかり、犯人追跡《はんにんついせき》メガネに搭載《とうさい》された盗聴器《とうちょうき》で捜査会議《そうさかいぎ》を聞《き》いていた。

盗聴器《とうちょうき》から聞《き》こえてきた風見《かざみ》の言葉《ことば》に首《くび》をかしげると、

（招集《しょうしゅう》？）

「捜査会議《そうさかいぎ》の盗聴《とうちょう》かな？」

突然《とつぜん》、背後《はいご》から声《こえ》がした。驚《おどろ》いて振《ふ》り向《む》くと、柱《はしら》の向《む》こうから歩《ある》いてくる安室《あむろ》が見《み》えた。

「な……なんでここが……」

「毛利小五郎《もうりこごろう》のこととなると、君《きみ》は一生懸命《いっしょうけんめい》だね。それとも、蘭姉《らんねえ》ちゃんのためかな？」

ズボンのポケットに両手《りょうて》を突《つ》っ込《こ》んだ安室《あむろ》は挑発的《ちょうはつてき》な笑《え》みを浮《う》かべ、コナンはクッと歯《は》噛《が》みしながらにらみつけた。

そのとき——植《う》え込《こ》みの方《ほう》からガサッと音《おと》がした。

「構《かま》わない、出《で》てこい」

安室《あむろ》が声《こえ》をかけると、風見《かざみ》が出《で》てきた。

「なぜ、私《わたし》を呼《よ》んだんです？　降谷《ふるや》さん」

風見《かざみ》に無言《むごん》で近《ちか》づいた安室《あむろ》は、いきなり風見《かざみ》の腕《うで》をつかんでねじり上《あ》げた。風見《かざみ》が思《おも》わずその場《ば》にひざをつく。すると、安室《あむろ》は風見《かざみ》の袖裏《そでうら》から盗聴発信機《とうちょうはっしんき》を外《はず》してみせた。コナンが仕掛《しか》けた盗聴発信機《とうちょうはっしんき》がバレていたのだ。

「これでよく公安《こうあん》が務《つと》まるな」

「す……すみません」

安室《あむろ》は風見《かざみ》の目《め》の前《まえ》で盗聴発信機《とうちょうはっしんき》を指《ゆび》で押《お》しつぶした。そして風見《かざみ》の手《て》を離《はな》して歩《ある》き出《だ》す。

「一体《いったい》……誰《だれ》が……」

風見《かざみ》はねじり上《あ》げられた手《て》を押《お》さえながら、悔《くや》しそうにつぶやいた。二人《ふたり》を呆然《ぼうぜん》と見《み》ていたコナンがハッと我《われ》に返《かえ》る。

「待《ま》って！」

柱《はしら》に立《た》てかけていたスケボーを取《と》り、安室《あむろ》を追《お》いかけた。風見《かざみ》も後《あと》を追《お》う。

橋《はし》の真《ま》ん中《なか》で立《た》ち止《ど》まり、周囲《しゅうい》を見回《みまわ》したが、安室《あむろ》の姿《すがた》はどこにもなかった。

「盗聴器《とうちょうき》は君《きみ》が仕掛《しか》けたのか？」

橋《はし》を渡《わた》りかけた風見《かざみ》はコナンにたずねたものの、すぐに「いや、まさか」と打《う》ち消《け》した。

「こんな子供《こども》が……」

ありえない、と自嘲気味《じちょうぎみ》にかぶりを振《ふ》る風見《かざみ》を、コナンがまっすぐ見《み》つめる。

「安室《あむろ》さんは、全国《ぜんこく》の公安警察《こうあんけいさつ》を操《あやつ》る警察庁《けいさつちょう》の『ゼロ』……」

「！」

「そんな安室《あむろ》さんに接触《せっしょく》できるのは、公安警察《こうあんけいさつ》の中《なか》でも限《かぎ》られた刑事《けいじ》だけ。それが風見《かざみ》さんだったんだね」

風《かぜ》が吹《ふ》き、二人《ふたり》の間《あいだ》を幾《いく》つもの葉《は》が舞《ま》う。目《め》を見開《みひら》いた風見《かざみ》は、緊張気味《きんちょうぎみ》に一歩《いっぽ》退《しりぞ》いた。

「……君《きみ》は一体《いったい》、何者《なにもの》だ」

子供相手《こどもあいて》に言《い》う言葉《ことば》ではない――頭《あたま》ではわかっていたが、風見《かざみ》は訊《き》かずにはいられなかった。

「江戸川《えどがわ》コナン。探偵《たんてい》さ」

コナンは大人《おとな》びた瞳《ひとみ》を風見《かざみ》に向《む》けた。

スケボーを抱《かか》えて立《た》つその姿《すがた》は、どう見《み》てもただの小学生《しょうがくせい》なのに、その言葉《ことば》は妙《みょう》に説得力《せっとくりょく》があった。

どんよりした曇《くも》り空《ぞら》からぽつぽつと雨《あめ》が降《ふ》ってきた。川《かわ》の水面《みなも》に無数《むすう》の波紋《はもん》が広《ひろ》がっていく。コナンが橋《はし》を進《すす》もうとすると、手《て》すりに寄《よ》りかかった風見《かざみ》が口《くち》を開《ひら》いた。

「君《きみ》の言《い》う、安室《あむろ》という男《おとこ》は……人殺《ひとごろ》しだ」

「……!?」

コナンは立《た》ち止《ど》まって振《ふ》り返《かえ》った。

「去年《きょねん》、拘置所《こうちしょ》で取《と》り調《しら》べ相手《あいて》を自殺《じさつ》に追《お》い込《こ》んだ」

「自殺《じさつ》って……」

風見《かざみ》はしばらく無言《むごん》で、雨粒《あまつぶ》が跳《は》ねる水面《みなも》を見《み》つめていた。

「……悪《わる》い。子供《こども》に言《い》うことじゃなかった。だが、なぜか君《きみ》にはこんな話《はなし》ができてしまう。変《か》わった子《こ》だ」

そう言《い》って風見《かざみ》は強《つよ》くなった雨《あめ》の中《なか》を歩《ある》いていった。その後《うし》ろ姿《すがた》をしばらく見《み》つめていたコナンも、やがて反対方向《はんたいほうこう》へと歩《ある》き出《だ》した。


風見《かざみ》が退席《たいせき》した後《あと》も捜査会議《そうさかいぎ》は進《すす》み、終盤《しゅうばん》を迎《むか》えようとしていた。黒田《くろだ》が「では」とまとめに入《はい》る。

「公安部《こうあんぶ》がノーアによるアクセス先《さき》を特定《とくてい》しだい、毛利小五郎《もうりこごろう》を起訴《きそ》する補強証拠《ほきょうしょうこ》として、東京地検《とうきょうちけん》に提出《ていしゅつ》——」

「失礼《しつれい》します！」

突然《とつぜん》、前方《ぜんぽう》の扉《とびら》が勢《いきお》いよく開《ひら》いて、千葉《ちば》が入《はい》ってきた。

「都内《とない》で今《いま》！　大変《たいへん》なことが起《お》きてます！」

都内《とない》を走《はし》る電車《でんしゃ》の車両《しゃりょう》は、サラリーマンや学生《がくせい》などで比較的混雑《ひかくてきこんざつ》していた。座席《ざせき》についている人《ひと》も立《た》っている人《ひと》も大半《たいはん》の人《ひと》がスマホをいじっている。

すると突然《とつぜん》、二人組《ふたりぐみ》の女子高生《じょしこうせい》が悲鳴《ひめい》を上《あ》げてスマホを落《お》とした。

なんだ——近《ちか》くで座《すわ》っていたサラリーマンが目《め》を向《む》けたとき、持《も》っていたスマホがバチバチッとスパークした。

「うわっ！」

驚《おどろ》いて思《おも》わず手《て》を離《はな》すと、床《ゆか》に落《お》ちたスマホから白煙《はくえん》がもくもくと発生《はっせい》した。

都内《とない》の大通《おおどお》りに面《めん》したマンションでは、ベランダに置《お》かれたエアコンの室外機《しつがいき》から突然《とつぜん》火《ひ》が噴《ふ》き出《だ》した。

「わっ！　な、なんだ!?」

部屋《へや》から出《で》てきた男子中学生《だんしちゅうがくせい》が慌《あわ》てて学《がく》ランを脱《ぬ》ぎ、室外機《しつがいき》を覆《おお》って火《ひ》を消《け》す。

その下《した》の大通《おおどお》りでは、暴走《ぼうそう》した車《くるま》が横断歩道《おうだんほどう》を渡《わた》る人《ひと》たちにあわや突《つ》っ込《こ》みそうになっていた。

コンビニの店員《てんいん》が電子《でんし》レンジで弁当《べんとう》を温《あたた》めていると、突然《とつぜん》火花《ひばな》が飛《と》び散《ち》り、爆発音《ばくはつおん》と共《とも》に扉《とびら》が勢《いきお》いよく開《ひら》いた。

すると今度《こんど》はレジのそばにいた客《きゃく》たちのスマホが次々《つぎつぎ》と発火《はっか》して、皆《みな》が一斉《いっせい》に店《みせ》の外《そと》へ逃《に》げ出《だ》した。

「おかあさーん！　大変《たいへん》ー!!」

子供《こども》の声《こえ》に両親《りょうしん》が何事《なにごと》かと洗面所《せんめんじょ》を覗《のぞ》くと、ドラム式《しき》洗濯機《せんたくき》から大量《たいりょう》の泡《あわ》が吹《ふ》き出《だ》していた。

「ええっ!?」「うそっ！」

驚《おどろ》く両親《りょうしん》の前《まえ》で、洗濯機《せんたくき》の扉《とびら》が勢《いきお》いよく開《ひら》き、洗濯物《せんたくもの》が飛《と》び出《だ》す。

同時《どうじ》にダイニングテーブルに置《お》いてあった電気《でんき》ポットから熱湯《ねっとう》が噴《ふ》き出《だ》し、近《ちか》くで寝《ね》ていた猫《ねこ》が逃《に》げ出《だ》した。

東京地検《とうきょうちけん》・日下部《くさかべ》の部屋《へや》では、小五郎《こごろう》の取《と》り調《しら》べが引《ひ》き続《つづ》き行《おこな》われていた。

延々《えんえん》と同《おな》じような取《と》り調《しら》べを繰《く》り返《かえ》されて、ついにキレた小五郎《こごろう》が立《た》ち上《あ》がる。

「いつまで同《おな》じことを――」

検察事務官《けんさつじむかん》に羽交《はが》い絞《じ》めされた瞬間《しゅんかん》――デスクのパソコンが火花《ひばな》を散《ち》らし、ボンッと煙《けむり》を吐《は》いた。

妃法律事務所《きさきほうりつじむしょ》にいた蘭《らん》は、英理《えり》の部屋《へや》の壁面《へきめん》に取《と》り付《つ》けられたテレビをつけた。

窓《まど》から見《み》えるビル群《ぐん》のあちこちから煙《けむり》や炎《ほのお》が上《あ》がり、外《そと》からは消防車《しょうぼうしゃ》のサイレンや車《くるま》のクラクションの音《おと》がひっきりなしに聞《き》こえてくる。

テレビではどの局《きょく》も番組《ばんぐみ》が中断《ちゅうだん》され、臨時《りんじ》ニュースに切《き》り替《か》えられていた。

『本日行《ほんじつおこな》われている東京《とうきょう》サミットのため厳戒態勢《げんかいたいせい》が敷《し》かれている東京都内《とうきょうとない》で、次々《つぎつぎ》に起《お》きている不可解《ふかかい》な現象《げんしょう》について、警視庁《けいしちょう》からはまだ正式《せいしき》な発表《はっぴょう》はなく、国内《こくない》だけでなくサミット参加国《さんかこく》を中心《ちゅうしん》に不安《ふあん》と批判《ひはん》の声《こえ》が日本政府《にほんせいふ》に届《とど》いています。パソコンや電気《でんき》ポットが突然発火《とつぜんはっか》したという情報《じょうほう》もあり……』

突然《とつぜん》、テレビからバリバリバリと音《おと》がしたかと思《おも》うと、火花《ひばな》が飛《と》び散《ち》り、画面《がめん》が真《ま》っ暗《くら》になった。

「なんなのよ……一体《いったい》……」

英理《えり》は白煙《はくえん》を上《あ》げるテレビを呆然《ぼうぜん》と見《み》つめた。


その頃《ころ》。雨《あめ》が降《ふ》る中《なか》、コナンは新宿《しんじゅく》の大型家電量販店《おおがたかでんりょうはんてん》の前《まえ》に立《た》ち、ビルに設置《せっち》された街頭大型《がいとうおおがた》ビジョンを見上《みあ》げていた。

道路《どうろ》は大渋滞《だいじゅうたい》を起《お》こしていて、あちこちのビルからは黒煙《こくえん》が上《あ》がっている。

「クッ……犯人《はんにん》の目的《もくてき》はなんなんだ……!?」

コナンにはまるで見当《けんとう》がつかなかった。

『繰《く》り返《かえ》しお伝《つた》えします。本日行《ほんじつおこな》われている東京《とうきょう》サミットのため厳戒態勢《げんかいたいせい》が敷《し》かれている東京都内《とうきょうとない》で、次々《つぎつぎ》に起《お》きている不可解《ふかかい》な現象《げんしょう》について……』

アナウンサーが読《よ》み上《あ》げる画面《がめん》の下《した》に『電化製品《でんかせいひん》が次々《つぎつぎ》と発火《はっか》』というテロップが流《なが》れた。

「電化製品《でんかせいひん》……」

コナンはつぶやきながら自分《じぶん》のスマホを見《み》た。ふいに、灰原《はいばら》の言葉《ことば》が頭《あたま》をよぎる。

『スマホから圧力《あつりょく》、温度《おんど》、時間《じかん》を設定《せってい》するだけでスープなどの調理《ちょうり》ができる……』

灰原《はいばら》のパソコンで見《み》た圧力《あつりょく》ポットを思《おも》い出《だ》した瞬間《しゅんかん》——脳裏《のうり》に閃光《せんこう》が走《はし》った。

「そうか！　このテロの最初《さいしょ》がサミット会場《かいじょう》の爆破《ばくは》だったんだ!!」

コナンは地面《じめん》に置《お》いたスケボーに飛《と》び乗《の》ると、大渋滞《だいじゅうたい》する道路《どうろ》の脇《わき》を一気《いっき》に駆《か》け抜《ぬ》けた。


都内《とない》で突如起《とつじょお》こった不可解《ふかかい》な現象《げんしょう》の対応《たいおう》に追《お》われた警視庁《けいしちょう》は大混乱《だいこんらん》になっていた。

一一〇番《ひゃくとおばん》を受理《じゅり》する通信指令本部《つうしんしれいほんぶ》には通報《つうほう》が殺到《さっとう》してパニック状態《じょうたい》に陥《おちい》り、廊下《ろうか》では制《せい》服《ふく》・私服《しふく》の警察官《けいさつかん》たちが忙《いそが》しそうに走《はし》り回《まわ》った。マスコミが押《お》しかけている正門《せいもん》からは機《き》動隊員《どうたいいん》を乗《の》せた車《くるま》が次々《つぎつぎ》と出発《しゅっぱつ》していく。

警察官《けいさつかん》たちが大騒《おおさわ》ぎしているエントランスで、目暮《めぐれ》は女性警察官《じょせいけいさつかん》が持《も》ってきた書類《しょるい》にサインをしていた。そこにコナンから電話《でんわ》が入《はい》る。

「コナン君《くん》、悪《わる》いが今《いま》、君《きみ》と話《はな》している時間《じかん》は——」

『目暮警部《めぐれけいぶ》！　きっとこれは全部《ぜんぶ》〈ＩｏＴテロ《アイオーティー》〉だよ!!』

目暮《めぐれ》は初《はじ》めて聞《き》く言葉《ことば》に「ん？」と眉《まゆ》をひそめた。

「アイオーティーテロ？」

『犯人《はんにん》はネットにアクセスできる電化製品《でんかせいひん》を無差別《むさべつ》に暴走《ぼうそう》させてるんだ。だからネット接《せつ》続《ぞく》を切《き》れば暴走《ぼうそう》を止《と》められるよ！』

警視庁《けいしちょう》そばの公園《こうえん》から姿《すがた》を消《け》した安室《あむろ》は、日本橋《にほんばし》のたもとにある船着場《ふなつきば》にいた。

雨《あめ》でしっとりと濡《ぬ》れた髪《かみ》をかきあげると、耳《みみ》に差《さ》し込《こ》んだワイヤレスイヤホンがあらわになる。

「ＩｏＴ《アイオーティー》テロか……なんて子《こ》だ」

つぶやいた安室《あむろ》は、首都高速道路《しゅとこうそくどうろ》が覆《おお》いかぶさる日本橋《にほんばし》に向《む》かって歩《ある》き出《だ》した。

目暮《めぐれ》と電話《でんわ》で話《はな》しながらスケボーで走《はし》ってきたコナンは、妃法律事務所《きさきほうりつじむしょ》があるビルに入《はい》った。

「現場《げんば》から見《み》つかったその圧力《あつりょく》ポットもＩｏＴ《アイオーティー》家電《かでん》のはず！」

エントランスで止《と》まってスケボーから下《お》りると、雨《あめ》で濡《ぬ》れた髪《かみ》を腕《うで》でぬぐう。

「犯人《はんにん》はネットでガス栓《せん》を操作《そうさ》し、現場《げんば》をガスで充満《じゅうまん》させてから、ＩｏＴ《アイオーティー》圧力《あつりょく》ポットを『発火物《はっかぶつ》』にしてサミット会場《かいじょう》を爆破《ばくは》したんだ」

『そ、それじゃあ……』

「うん。小五郎《こごろう》のおじさんにはできっこないよ！」

コナンがスマホに向《む》かって断言《だんげん》すると、

「それ本当《ほんとう》？」

背後《はいご》で蘭《らん》の声《こえ》がした。驚《おどろ》いて振《ふ》り返《かえ》ると傘《かさ》を差《さ》した蘭《らん》が立《た》っていて、コナンはスマホを落《お》としそうになった。

（やべーっ！）

「……って新一兄《しんいちにい》ちゃんが言《い》ってたからよろしくね、警部《けいぶ》さん！」

必死《ひっし》にごまかして電話《でんわ》を切《き》ると、傘《かさ》を閉《と》じた蘭《らん》がコナンの横《よこ》で立《た》ち止《ど》まった。

「コナン君《くん》」

話《はな》しかけられたコナンはビクッと肩《かた》を震《ふる》わせた。

「新一《しんいち》、頑張《がんば》ってくれてるんだね。お父《とう》さんのために……」

蘭《らん》は嬉《うれ》しそうに頰《ほお》を赤《あか》らめて歩《ある》き出《だ》した。その表情《ひょうじょう》を見《み》たコナンもフッと笑《わら》い、スケボーのテールを踏《ふ》んでキャッチしつつ走《はし》り出《だ》す。

ニコニコしながら歩《ある》いていく蘭《らん》の後《うし》ろをコナンはついていった。

（バーロ。オメーの父《とう》さんのためだけじゃねぇっつーの）

事務所《じむしょ》に戻《もど》ってきたコナンは、都内《とない》で起《お》きている不可解《ふかかい》な現象《げんしょう》はIoT《アイオーティー》テロだと英理《えり》たちに説明《せつめい》した。

「なるほど。それが本当《ほんとう》なら裁判《さいばん》に勝《か》てるかもしれないわね」

「うん。検察《けんさつ》につかまってるおじさんは今《いま》、ネットにアクセスできないもんね」

「ええ、そうね」

愛猫《あいびょう》のゴロを抱《だ》いた英理《えり》が蘭《らん》を見《み》ると、蘭《らん》はホッとしたような顔《かお》で小《ち》さくうなずいた。

すると、傾《かたむ》いた壁掛《かべか》けテレビの前《まえ》でドライバを持《も》っていた境子《きょうこ》が「いいえ」と言《い》った。

「日時《にちじ》をあらかじめ設定《せってい》しておけば、拘束《こうそく》された後《あと》でもIoT《アイオーティー》テロは可能《かのう》です」

「え？」

「サーバーを辿《たど》ってアクセス先《さき》がわかれば、毛利《もうり》さんの容疑《ようぎ》は決定的《けっていてき》になる」

境子《きょうこ》はそう言《い》って傾《かたむ》いたテレビを持《も》ち上《あ》げた。

「そんな……！」

と蘭《らん》が青《あお》ざめる。

「でもサーバーの捜査《そうさ》って難《むずか》しいんでしょ？　裁判《さいばん》までに終《お》わるかなぁ」

コナンが子供《こども》っぽくたずねると、境子《きょうこ》はテーブルに置《お》いた工具箱《こうぐばこ》から別《べつ》のドライバを取《と》り、テレビを持《も》ち上《あ》げた。

「公安《こうあん》が捜査《そうさ》してるから難《むずか》しくないはずよ」

「……待《ま》って！」

境子《きょうこ》の言葉《ことば》に引《ひ》っかかったコナンの脳裏《のうり》に、風見《かざみ》の言葉《ことば》がよぎった。

『現在《げんざい》、我々《われわれ》公安部《こうあんぶ》でサーバーを辿《たど》り、ユーザーが特定《とくてい》できる可能性《かのうせい》を探《さぐ》っています』

捜査会議《そうさかいぎ》を盗聴《とうちょう》したとき、確《たし》かに風見《かざみ》はそう言《い》っていた。でも、どうしてそれを境子《きょうこ》が
――？

「なんで公安《こうあん》がその捜査《そうさ》をしてるって知《し》ってるの？」

「え？」

テレビを持《も》っていた境子《きょうこ》の手《て》の力《ちから》が一瞬《いっしゅん》緩《ゆる》み、留《と》め金《がね》から外《はず》れたテレビが大《おお》きな音《おと》を立《た》ててテーブルに落下《らっか》した。英理《えり》が抱《だ》いていたゴロが「ミャ!!」と驚《おどろ》いて逃《に》げ出《だ》す。

「あー、ごめんなさい」

境子《きょうこ》はコード一本《いっぽん》でかろうじて壁《かべ》に繋《つな》がっているテレビを覗《のぞ》き込《こ》んだ。そして体《からだ》を起《お》こしてコナンを見《み》る。

「それはね、ボウヤ。その手《て》の捜査《そうさ》をするのは公安《こうあん》が多《おお》いからよ。公安警察《こうあんけいさつ》はね、たくさんの『協力者《きょうりょくしゃ》』を持《も》ってるの」

「『協力者《きょうりょくしゃ》』って、公安刑事《こうあんけいじ》の捜査《そうさ》に協力《きょうりょく》する民間人《みんかんじん》のこと?」

英理《えり》がたずねると、境子《きょうこ》は「そうです」とうなずいた。

「特《とく》に通信傍受法《つうしんぼうじゅほう》で捜査対象《そうさたいしょう》になるサーバーの関係者《かんけいしゃ》には、公安警察《こうあんけいさつ》の協力者《きょうりょくしゃ》が多《おお》いんです。その手《て》の協力者《きょうりょくしゃ》に当《あ》たれば、毛利《もうり》さんが不正《ふせい》アクセスした証拠《しょうこ》も取《と》れるはず」

境子《きょうこ》は雨《あめ》の水滴《すいてき》が流《なが》れる窓《まど》に目《め》をやりつつ言《い》うと、

「あ、もちろんそんな証拠《しょうこ》があればの話《はなし》ですよ」

慌《あわ》ててフォローして、再《ふたた》びテレビを直《なお》そうと手《て》をかけた。

「橘先生《たちばなせんせい》、それもういいわ」

「そうですか?」

「ええ。おとなしく業者《ぎょうしゃ》に頼《たの》みましょう」

コナンは英理《えり》と会話《かいわ》する境子《きょうこ》をいぶかしげに見《み》つめた。

小五郎《こごろう》の起訴《きそ》が決《き》まりそうなときといい、さっきの言葉《ことば》といい、弁護《べんご》する側《がわ》の発言《はつげん》とは到底思《とうていおも》えない。

(なんなんだ、この違和感《いわかん》……彼女《かのじょ》にはまだ何《なに》か……)

日本橋船着場《にほんばしふなつきば》から日本橋《にほんばし》へ続《つづ》く階段《かいだん》のたもとに、傘《かさ》を差《さ》した風見《かざみ》が立《た》っていた。片手《かたて》に持《も》ったスマホでニュース番組《ばんぐみ》を見《み》ている。

『いまだ混乱《こんらん》が続《つづ》いている一連《いちれん》の事件《じけん》に関《かん》して、警視庁《けいしちょう》はIoT《アイオーティー》テロの可能性《かのうせい》が高《たか》いと発《はっ》表《ぴょう》しました』

「まさかIoT《アイオーティー》テロとはな」

声《こえ》がした方向《ほうこう》をチラリと見《み》やると、いつの間《ま》にか安室《あむろ》が近《ちか》くにいた。雨《あめ》の中《なか》、傘《かさ》も差《さ》さず、柵《さく》に肘《ひじ》をかけて日本橋川《にほんばしがわ》を眺《なが》めている。

風見《かざみ》はスマホをポケットにしまうと、安室《あむろ》に背《せ》を向《む》けて少《すこ》し離《はな》れた。

「さすがですね。そんな手口《てぐち》を特定《とくてい》するなんて」

「特定《とくてい》したのは僕《ぼく》じゃないが、おかげで事件化《じけんか》には成功《せいこう》した」

安室《あむろ》はそう言《い》うと、ポケットに手《て》を入《い》れて歩《ある》き出《だ》した。

「よって我々《われわれ》がした違法作業《いほうさぎょう》にカタをつけたい。『協力者《きょうりょくしゃ》』の解放《かいほう》だ」

風見《かざみ》は思《おも》わず安室《あむろ》を振《ふ》り返《かえ》った。階段《かいだん》を上《のぼ》っていく安室《あむろ》の後《あと》を追《お》う。日本橋《にほんばし》の中央《ちゅうおう》まで来《き》た安室《あむろ》は、麒麟像《きりんぞう》の横《よこ》で立《た》ち止《ど》まると、柵《さく》に肘《ひじ》をかけた。やや遅《おく》れて来《き》た風見《かざみ》は麒麟像《きりんぞう》の前《まえ》で安室《あむろ》に背《せ》を向《む》ける。

「その前《まえ》に、現段階《げんだんかい》でゼロがつかんでいる情報《じょうほう》を教《おし》えてください」

「ああ」

安室《あむろ》はスマホを取《と》り出《だ》し、電話《でんわ》しているふりをして何《なに》かをつぶやいた。

「NAZU《ナズ》!?」

風見《かざみ》は思《おも》わず後《うし》ろを振《ふ》り返《かえ》った。

「この情報《じょうほう》をサイバー犯罪対策課《はんざいたいさくか》に流《なが》し、捜査会議《そうさかいぎ》で刑事部《けいじぶ》に報告《ほうこく》させる」

「……刑事部《けいじぶ》に花《はな》を持《も》たせるんですか？　我々公安部《われわれこうあんぶ》から報告《ほうこく》すべきです」

風見《かざみ》の言葉《ことば》に、安室《あむろ》は軽《かる》く笑《わら》った。

「ご褒美《ほうび》だよ。爆破《ばくは》テロが事件化《じけんか》できたのは刑事部《けいじぶ》のおかげだ。それに、この情報《じょうほう》がゼロからだってことは『裏《うら》の理事官《りじかん》』には伝《つた》わっている」

風見《かざみ》は小《ちい》さく息《いき》をつき、安室《あむろ》をチラリと見《み》た。

「……降谷《ふるや》さんが怖《こわ》いです」

全《すべ》て安室《あむろ》の思惑《おもわく》どおりに事《こと》が進《すす》み、風見《かざみ》は恐怖《きょうふ》すら覚《おぼ》えた。

「風見《かざみ》。僕《ぼく》には、僕以上《ぼくいじょう》に怖《こわ》い男《おとこ》がふたりいるんだ。そのうちの一人《ひとり》は、まだほんの子供《こども》だがな」

言《い》っていて自分《じぶん》でもおかしくなったのか、安室《あむろ》はフッと笑《わら》った。

「今《いま》、降谷《ふるや》さんと同《おな》じ子供《こども》を思《おも》い浮《う》かべましたよ」

そう言《い》って風見《かざみ》が振《ふ》り返《かえ》ると——麒麟像《きりんぞう》の横《よこ》にいた安室《あむろ》の姿《すがた》が消《き》えていた。

「ッ⁉」

驚《おどろ》いてすぐに周囲《しゅうい》を見回《みまわ》したが、行《ゆ》き交《か》う人々《ひとびと》の中《なか》に安室《あむろ》の姿《すがた》を見《み》つけることはできなかった。


警視庁《けいしちょう》の大会議室《だいかいぎしつ》で刑事部《けいじぶ》・公安部合同《こうあんぶごうどう》の捜査会議《そうさかいぎ》が始《はじ》まった。

「毛利《もうり》さんのパソコンに不正《ふせい》アクセスの痕跡《こんせき》が見《み》つかったと、サイバー犯罪対策課《はんざいたいさくか》から報告《ほうこく》がありました。やはり中継点《ちゅうけいてん》に使《つか》われていたんです」

佐藤《さとう》が報告《ほうこく》すると、黒田《くろだ》と並《なら》んでひな壇《だん》に座《すわ》った目暮《めぐれ》は安堵《あんど》した。

「それで、痕跡《こんせき》は」

黒田《くろだ》の問《と》いに、白鳥《しらとり》が立《た》ち上《あ》がった。

「公共《こうきょう》のWiｆi《ワイファイ》から足《あし》のつかないスマホでアクセスしており、辿《たど》れませんでした。しかしそのとき、毛利《もうり》さんは検察《けんさつ》に拘束《こうそく》されていて、アクセスポイントにいることは不可能《ふかのう》でした。さらに今回《こんかい》のIoT《アイオーティー》テロの不正《ふせい》アクセスにも、先《さき》の事件《じけん》と同様《どうよう》の手口《てぐち》『Nor《ノーア》』が使《つか》われていました」

捜査陣《そうさじん》がざわめく中《なか》、目暮《めぐれ》は「やはり同一犯《どういつはん》か……」とつぶやいた。

コナンが電話《でんわ》で言《い》ったとおりだったのだ。

「サーバーを特定《とくてい》する捜査《そうさ》の進捗《しんちょく》は？」

黒田《くろだ》が鋭《するど》い目《め》を向《む》けると、白鳥《しらとり》は緊張《きんちょう》した面持《おもも》ちで手《て》にした手帳《てちょう》に目《め》を落《お》とした。

「……サイバー犯罪対策課《はんざいたいさくか》からの報告《ほうこく》によると、そのシステムがNAZU《ナズ》にあることがわかりました」

「‼」

大型《おおがた》モニターに表示《ひょうじ》された経路図《けいろず》の真《ま》ん中《なか》に『NAZU《ナズ》』のロゴが大《おお》きく映《うつ》し出《だ》され、捜査陣《そうさじん》から大《おお》きなどよめきが起《お》こった。

蘭《らん》とコナンが応接《おうせつ》セットに座《すわ》り、英理《えり》がデスクのパソコンで調《しら》べ物《もの》をしていると、秘書《ひしょ》の栗山緑《くりやまみどり》が入《はい》ってきた。

「どうも遅《おそ》くなりました」

「栗山《くりやま》さん、ごめんね。せっかくのバカンスだったのに」

緑《みどり》は「いーえ」と手《て》を横《よこ》に振《ふ》った。

「先生《せんせい》の一大事《いちだいじ》に事務員《じむいん》の私《わたし》が遊《あそ》んでいるわけにはいきませんから」

「助《たす》かるわ」

「えっと、それでですね……」

緑《みどり》はそう言《い》いながらショルダーバッグに手《て》を入《い》れて、封筒《ふうとう》を取《と》り出《だ》した。

「橘境子《たちばなきょうこ》弁護士《べんごし》についての調査結果《ちょうさけっか》です」

封筒《ふうとう》を受《う》け取《と》った英理《えり》は「え？」と目《め》を丸《まる》くした。

「あれ？　工藤新一君《くどうしんいちくん》から頼《たの》まれたんですが……」

応接《おうせつ》セットで聞《き》いていた蘭《らん》は、コナンを見《み》た。

「新一《しんいち》が？」

「へぇ、新一兄《しんいちにい》ちゃん、そんなこと頼《たの》んだんだぁ」

コナンはとぼけた顔《かお》で頭《あたま》をかくと、封筒《ふうとう》を前《まえ》に顔《かお》をしかめている英理《えり》のそばに行《い》った。

「どうして橘先生《たちばなせんせい》の調査《ちょうさ》なんか……」

「ねぇねぇ、新一兄《しんいちにい》ちゃんのことだから、きっと何《なに》かワケがあるんだよ。とにかく見《み》てみない？」

コナンに促《うなが》されて、英理《えり》と緑《みどり》は応接《おうせつ》セットのソファに座《すわ》り、緑《みどり》が封筒《ふうとう》から調査報告書《ちょうさほうこくしょ》を取《と》り出《だ》した。正面《しょうめん》に座《すわ》った英理《えり》に向《む》けて調査報告書《ちょうさほうこくしょ》を広《ひろ》げる。

「去年《きょねん》、橘先生《たちばなせんせい》の事務員《じむいん》が事件《じけん》を起《お》こしているのがわかりました」

調査報告書《ちょうさほうこくしょ》を覗《のぞ》き込《こ》んでいた英理《えり》は「え？」と体《からだ》を起《お》こした。

「橘先生《たちばなせんせい》は事務所《じむしょ》を持《も》たないケー弁《べん》のはずよ？」

「去年《きょねん》、事務所《じむしょ》を閉《と》じたんです」

緑《みどり》は調査報告書《ちょうさほうこくしょ》の該当箇所《がいとうかしょ》を指差《ゆびさ》した。

「当時《とうじ》、事務員《じむいん》だった羽場二三一《はばふみかず》がゲーム会社《がいしゃ》に侵入《しんにゅう》し、携帯《けいたい》ゲーム機《き》を盗《ぬす》んで逮捕《たいほ》されたせいで……。しかも羽場《はば》は送検《そうけん》された後《あと》、拘置所内《こうちしょない》で自殺《じさつ》しています」

「え⁉　自殺《じさつ》？」

「そんな……」

英理《えり》と蘭《らん》が驚《おどろ》く中《なか》、コナンは調査報告書《ちょうさほうこくしょ》に目《め》を落《お》とした。

（自殺《じさつ》……）

調査報告書《ちょうさほうこくしょ》には羽場《はば》二三一《ふみかず》の顔写真《かおじゃしん》と年齢《ねんれい》（31）、窃盗事件《せっとうじけん》の詳細《しょうさい》、そして『五月一日《ごがつついたち》拘置所《こうちしょ》にて自殺《じさつ》』と書《か》かれていた。


日下部《くさかべ》は紗世子《さよこ》に呼《よ》ばれて、統括検事室《とうかつけんじしつ》に出向《でむ》いた。

「毛利小五郎《もうりこごろう》のパソコンは何者《なにもの》かに操作《そうさ》されていることがわかったの。よって彼《かれ》が犯人《はんにん》である可能性《かのうせい》は低《ひく》い……」

室内《しつない》を歩《ある》きながら独《ひと》り言《ごと》のように話《はな》し出《だ》した紗世子《さよこ》は、立《た》ち止《ど》まって「はい！」と手《て》を打《う》った。

「そういうことで」

「……発火物《はっかぶつ》にあった彼《かれ》の指紋《しもん》は？」

日下部《くさかべ》がたずねると、紗世子《さよこ》は「ああ」と面倒《めんどう》くさそうに言《い》った。

「焼《や》きついた指紋《しもん》ってのはね、転写《てんしゃ》しやすいものなの」

それはまるで最初《さいしょ》からわかっていたような言《い》い方《かた》だった。小五郎《こごろう》を犯人《はんにん》に仕立《した》てるため、何者《なにもの》かが事前《じぜん》に採取《さいしゅ》した小五郎《こごろう》の指紋《しもん》を格納扉《かくのうとびら》に転写《てんしゃ》したのだ。

「……それが、公安警察《こうあんけいさつ》の結論《けつろん》ですか」

「毛利小五郎《もうりこごろう》は不起訴《ふきそ》にして」

「不起訴《ふきそ》の判断《はんだん》まで、公安警察《こうあんけいさつ》の言《い》いなりですか」

日下部《くさかべ》が険《けわ》しい表情《ひょうじょう》で追及《ついきゅう》すると、紗世子《さよこ》は「しつこいわね」と日下部《くさかべ》をにらみつけた。

そのとき——紗世子《さよこ》は、ジャケットの胸《むね》ポケットから煙《けむり》が出《で》ているのに気《き》づいた。

「きゃああ!!」

胸元《むなもと》のスマホから火《ひ》が噴《ふ》き出《だ》して、紗世子《さよこ》は床《ゆか》に倒《たお》れた。必死《ひっし》でジャケットを脱《ぬ》ごうとすると、パァン！　と小《ちい》さな爆発《ばくはつ》が起《お》きて、火花《ひばな》がセミロングの髪《かみ》に燃《も》え移《うつ》った。

「ひいぃぃ!!」

ドア付近《ふきん》にいた日下部《くさかべ》はソファを飛《と》び越《こ》え、転《ころ》げ回《まわ》る紗世子《さよこ》からジャケットをむしりとった。そして激《はげ》しくわめく紗世子《さよこ》の髪《かみ》をジャケットではたいた。

6

夕方《ゆうがた》になると雨《あめ》が上《あ》がり、厚《あつ》い雲《くも》の切《き》れ間《ま》から夕日《ゆうひ》が顔《かお》を出《だ》した。ガラス張《ば》りの壁面《へきめん》から差《さ》し込《こ》む西日《にしび》が、英理《えり》の部屋《へや》を赤《あか》く染《そ》める。

英理《えり》たちは白鳥《しらとり》から岩井検事《いわいけんじ》のスマホが発火《はっか》したと聞《き》かされた。

「え？　岩井検事《いわいけんじ》が？」

「はい。軽《かる》いヤケドでしたが、大事《だいじ》を取《と》って病院《びょういん》に」

「まさかそれも、ＩｏＴ《アイオーティー》テロ？」

コナンがたずねると、白鳥《しらとり》は小《ちい》さくうなずいた。

「そのスマホを調《しら》べたら、これまでと同《おな》じくノーアからのアクセスがあって……失礼《しつれい》」

と着信振動《ちゃくしんしんどう》するスマホをポケットから取《と》り出《だ》し、コナンたちに背《せ》を向《む》けて「はい、白《しら》鳥《とり》」と電話《でんわ》に出《で》た。

「……え！　ちょっと待《ま》って」

白鳥《しらとり》はスマホを手《て》で押《お》さえながら、笑顔《えがお》で振《ふ》り返《かえ》った。

「毛利《もうり》さんの不起訴《ふきそ》が決定《けってい》しました！」

蘭《らん》と英理《えり》は驚《おどろ》いて顔《かお》を見合《みあ》わせた。「お母《かあ》さん！」と蘭《らん》が英理《えり》に抱《だ》きつき、その頭《あたま》を英《え》理《り》が優《やさ》しくなでる。

「拘置所《こうちしょ》に迎《むか》えにいきますか？　それとも警視庁《けいしちょう》へ？」

「早《はや》く会《あ》える方《ほう》で」

英理《えり》が即答《そくとう》すると、白鳥《しらとり》は二人《ふたり》から離《はな》れながら電話《でんわ》に出《で》た。

「……はい。手続《てつづ》きが済《す》みしだい身柄《みがら》を警視庁《けいしちょう》に移送《いそう》してください」

コナンは抱《だ》き合《あ》って喜《よろこ》ぶ蘭《らん》たちを微笑《ほほえ》ましく見《み》つめた。

「よかったね、蘭姉《らんねえ》ちゃん」

「うん、ありがと」

顔《かお》を上《あ》げた蘭《らん》は涙《なみだ》ぐんでいた。「新一《しんいち》や園子《そのこ》にも教《おし》えなくっちゃ」

嬉《うれ》しそうに小走《こばし》りで部屋《へや》を出《で》ていくのを見《み》て、新一《しんいち》のスマホに電話《でんわ》がかかってくると思《おも》ったコナンもドアに向《む》かおうとした。すると、

「ところでこれ、どうしましょう？　羽場二三一《はばふみかず》を検察官《けんさつかん》が取《と》り調《しら》べた調書《ちょうしょ》なんですけど

……」

緑《みどり》が封筒《ふうとう》から別《べつ》の書類《しょるい》を取《と》り出《だ》した。

調書《ちょうしょ》を受《う》け取《と》って英理《えり》が目《め》を通《とお》していると、電話《でんわ》を切《き》った白鳥《しらとり》が近《ちか》づいて覗《のぞ》き込《こ》んだ。

「あれ、この人《ひと》……」

調書《ちょうしょ》にある『岩井紗世子《いわいさよこ》』の名前《なまえ》を指差《ゆびさ》し、

「スマホの発火《はっか》でヤケドした岩井検事《いわいけんじ》」

紗世子《さよこ》の肩書《かたが》きは『主任検察官《しゅにんけんさつかん》』になっていた。

「去年《きょねん》は主任検事《しゅにんけんじ》ね」

「ええ。でも今《いま》は統括検事《とうかつけんじ》で、同期《どうき》だった日下部検事《くさかべけんじ》の上司《じょうし》ですよ」

「そうです」

ドアの方《ほう》から声《こえ》がしてコナンたちが振《ふ》り返《かえ》ると――いつの間《ま》にか傘《かさ》とバッグを持《も》った境《きょう》子《こ》が立《た》っていた。

「岩井検事《いわいけんじ》は、妙《みょう》なことに羽場二三一《はばふみかず》の窃盗事件《せっとうじけん》がきっかけで出世《しゅっせ》したんです。――ところで、これは？」

境子《きょうこ》はテーブルに置《お》いてあった調査報告書《ちょうさほうこくしょ》を手《て》に取《と》って掲《かか》げた。

「なぜ私《わたし》や私《わたし》の元事務員《もとじむいん》をお調《しら》べになっているんですか?」

「えっと……」

緑《みどり》が答《こた》えに困《こま》っていると、英理《えり》が「ごめんなさい」と助《たす》け舟《ぶね》を出《だ》した。

「先生《せんせい》のこと、よく知《し》っておきたくて、私《わたし》が栗山《くりやま》さんにお願《ねが》いしたの」

英理《えり》たちに険《けわ》しい眼差《まなざ》しを向《む》けていた境子《きょうこ》は、調査報告書《ちょうさほうこくしょ》を読《よ》み始《はじ》めて何枚《なんまい》かめくった。

「……よく調《しら》べてある。あなたも優秀《ゆうしゅう》な事務員《じむいん》のようね」

境子《きょうこ》に近《ちか》づいたコナンが「あなたも?」と言《い》った。

「まるで羽場《はば》さんもそうだったって言《い》ってるみたいだけど。その人《ひと》は携帯《けいたい》ゲームを盗《ぬす》もうとして、境子先生《きょうこせんせい》の事務所《じむしょ》をつぶした悪《わる》い事務員《じむいん》さんだよね?」

「あれは二三一《ふみかず》のせいじゃない!」

声《こえ》を荒《あら》らげた境子《きょうこ》はハッと我《われ》に返《かえ》ると、首《こうべ》を垂《た》れた。

「私《わたし》が……無力《むりょく》だったから……」

「下《した》の名前《なまえ》で呼《よ》ぶんだね。自分《じぶん》の事務所《じむしょ》で働《はたら》いてた事務員《じむいん》さんを、二三一《ふみかず》って」

コナンが言《い》うと、境子《きょうこ》は持《も》っていた調査報告書《ちょうさほうこくしょ》をパサッとテーブルに置《お》いた。

「……彼《かれ》が拘置所《こうちしょ》で自殺《じさつ》したことは?」

唐突《とうとつ》に訊《き》かれて、英理《えり》は「え？　ええ……」ととまどいながらうなずいた。

「その自殺《じさつ》は、拘置所《こうちしょ》の中《なか》で公安警察《こうあんけいさつ》に取《と》り調《しら》べされた後《あと》、すぐだったんです」

（――ッ!?）

境子《きょうこ》から意外《いがい》な事実《じじつ》を知《し》らされた瞬間《しゅんかん》――コナンの頭《あたま》の中《なか》を風見《かざみ》の言葉《ことば》が駆《か》け巡《めぐ》った。

『去年《きょねん》、拘置所《こうちしょ》で取《と》り調《しら》べ相手《あいて》を自殺《じさつ》に追《お》い込《こ》んだ』

（まさか、安室《あむろ》さんが……!?）

コナンが考《かんが》えているそばで、白鳥《しらとり》と英理《えり》は境子《きょうこ》が告《つ》げた事実《じじつ》をいぶかしんだ。

「なんで公安警察《こうあんけいさつ》が？」

「そんなの聞《き》いたことありません」

境子《きょうこ》はテーブルに置《お》いた調査報告書《ちょうさほうこくしょ》の羽場《はば》の写真《しゃしん》を見《み》て、握《にぎ》り締《し》めた拳《こぶし》を震《ふる》わせた。

「二三一《ふみかず》の自殺《じさつ》にはそんな奇妙《きみょう》なことが重《かさ》なっていた……」

英理《えり》たちが無言《むごん》で境子《きょうこ》を見《み》つめていると、緑《みどり》が「あの……」と遠慮《えんりょ》がちに口《くち》を開《ひら》いた。

「羽場二三一《はばふみかず》さんは、司法修習生《しほうしゅうしゅうせい》を罷免《ひめん》されてますよね……？」

「裁判官《さいばんかん》を目指《めざ》してたってこと？」

英理《えり》の問《と》いに、緑《みどり》は「はい」とうなずいた。

「ですが、彼《かれ》は裁判官《さいばんかん》に採用《さいよう》されず、終了式《しゅうりょうしき》のときに無理《むり》やり壇上《だんじょう》に上《あ》がって不採用《ふさいよう》となった理由《りゆう》を所長《しょちょう》に求《もと》めたそうです。その行動《こうどう》は自己満足的《じこまんぞくてき》な正義感《せいぎかん》による暴挙《ぼうきょ》と見《み》なされ、裁判官《さいばんかん》はおろか……」

「弁護士《べんごし》になる道《みち》もなくなり、司法人生《しほうじんせい》を絶《た》たれた……」

言《い》いよどむ緑《みどり》に、境子《きょうこ》が続《つづ》けて言《い》った。心《こころ》ここにあらずといった面持《おもも》ちで、ぼんやりと宙《ちゅう》を見《み》つめている。

「……なぜ、羽場《はば》さんを事務員《じむいん》にしたの？」

コナンがたずねた。

「……人《ひと》にはね、表《おもて》と裏《うら》があるの。君《きみ》が見《み》ているのは、その一面《いちめん》に過《す》ぎない」

そう答《こた》えると、境子《きょうこ》は英理《えり》の方《ほう》を向《む》いた。

「外《そと》で娘《むすめ》さんから聞《き》きました。毛利《もうり》さんが不起訴《ふきそ》になったなら、私《わたし》はもう用済《ようず》みですね」

ペコリと頭《あたま》を下《さ》げ、英理《えり》の返事《へんじ》を待《ま》たずに部屋《へや》から出《で》ていった。

コナンが境子《きょうこ》の言葉《ことば》を思《おも》い巡《めぐ》らせていると、

「じゃあ私《わたし》も捜査《そうさ》が残《のこ》ってますので……」

白鳥《しらとり》が帰《かえ》ろうとしていた。

「犯人《はんにん》のノーアを調《しら》べるんだね」

コナンが声《こえ》をかけると、白鳥《しらとり》は「うん」と立《た》ち止《ど》まった。

「NAZU《ナズ》に捜査協力《そうさきょうりょく》を依頼《いらい》してあるんだ」

「NAZU《ナズ》って、アメリカの？」

「そうだよ。NAZU《ナズ》では昨年《さくねん》、ノーアを使《つか》った不正《ふせい》アクセス事件《じけん》があってね」

「ああ、境子先生《きょうこせんせい》が弁護《べんご》した……」

コナンは境子《きょうこ》の取扱事件記録《とりあつかいじけんきろく》を思《おも》い出《だ》した。

『NAZU《ナズ》不正《ふせい》アクセス事件《じけん》』——去年《きょねん》、日本人《にほんじん》がNAZU《ナズ》のコンピューターに不正《ふせい》アクセスした事件《じけん》だ。

「それがきっかけで、ノーアユーザーを追跡《ついせき》するシステムがNAZU《ナズ》で完成《かんせい》したんだ。さっそく明日《あした》から解析《かいせき》してもらいます。NAZU《ナズ》は今日《きょう》、太平洋《たいへいよう》に〈はくちょう〉を着水《ちゃくすい》させるミッションに追《お》われてますからね」

「あ、それ無人探査機《むじんたんさき》のことだよね？」

「ああ。そんな日《ひ》とサミットが重《かさ》なって、警視庁《けいしちょう》も大《おお》わらわだよ」

白鳥《しらとり》はそう言《い》って苦笑《にがわら》いした。

「そっか。サミットも今日《きょう》から――」
〈NAZU《ナズ》不正《ふせい》アクセス事件《じけん》〉〈はくちょう〉〈サミット〉――それらの言葉《ことば》が交差《こうさ》したとき、鋭《するど》い衝撃《しょうげき》が頭《あたま》を貫《つらぬ》いてコナンはハッとした。それまで漠然《ばくぜん》と記憶《きおく》されていたものが、反射的《はんしゃてき》に浮《う》かんで頭《あたま》の中《なか》を駆《か》け巡《めぐ》る。
『サミット前《まえ》に現場《げんば》を点検《てんけん》することになっていて、爆発《ばくはつ》のときは公安部《こうあんぶ》が担当《たんとう》だったんだ』

*

『はっきり言《い》って、検察《けんさつ》の公安《こうあん》は警察《けいさつ》の公安《こうあん》に歯《は》が立《た》たないんです』

*

『だから……起訴《きそ》にも〈公安的配慮《こうあんてきはいりょ》〉が働《はたら》くときがある』

*

『公安警察《こうあんけいさつ》はね、たくさんの〈協力者《きょうりょくしゃ》〉を持《も》ってるの』

*

風見《かざみ》に仕掛《しか》けた盗聴器《とうちょうき》から聞《き》こえてきた、境子《きょうこ》のスマホの着信《ちゃくしん》メロディ。

『君《きみ》の言《い》う、安室《あむろ》という男《おとこ》は……人殺《ひとごろ》しだ』

＊

『しかも羽場《はば》は送検《そうけん》された後《あと》、拘置所内《こうちしょない》で自殺《じさつ》しています』

〈羽場二三一《はばふみかず》〉〈五月一日《ごがつついたち》〉〈拘置所《こうちしょ》にて自殺《じさつ》〉と書《か》かれた調査報告書《ちょうさほうこくしょ》。

＊

日下部検事《くさかべけんじ》がスマホの暗証番号《あんしょうばんごう》を入力《にゅうりょく》したときの音《おと》。

＊

『あ。ボク、この事件《じけん》知《し》ってるよ。〈ＮＡＺＵ《ナズ》不正《ふせい》アクセス事件《じけん》〉』

＊

『ＩｏＴ《アイオーティー》テロ？』

『ネットにアクセスできる電化製品《でんかせいひん》を無差別《むさべつ》に暴走《ぼうそう》させてるんだ』

＊

『警察《けいさつ》の捜査資料《そうさしりょう》って犯罪《はんざい》の詳《くわ》しい手引書《てびきしょ》みたいなもんですよね』

＊

『あったわよ、合致《がっち》するものが』

現場鑑識写真《げんばかんしきしゃしん》の中《なか》にあった〈不詳《ふしょう》〉と書《か》かれたガラス片《へん》の写真《しゃしん》。

『いや……どこかで見《み》た気《き》がして……』

そんな、まさか――ここに至《いた》るまでの出来事《できごと》が脳裏《のうり》に去来《きょらい》して、コナンはとんでもない結論《けつろん》をつかんだ。

「緑《みどり》さんっ!!」

テーブルに広《ひろ》がった資料《しりょう》をまとめていた緑《みどり》は、いきなり大声《おおごえ》で呼《よ》ばれて「ひゃあ!」と飛《と》び上《あ》がった。

「〈NAZU《ナズ》不正《ふせい》アクセス事件《じけん》〉の詳《くわ》しい資料《しりょう》をすぐにスマホに送《おく》って!」

「え?」

「って、新一兄《しんいちにい》ちゃんが言《い》ってた!」

慌《あわ》てて付《つ》け足《た》したコナンは、ドアへと走《はし》った。戻《もど》ってきた蘭《らん》の横《よこ》をすり抜《ぬ》けて、部屋《へや》を出《で》る。

「あ、コナン君《くん》! これからお父《とう》さんを迎《むか》えに警視庁《けいしちょう》に行《い》くんだけど!」

蘭《らん》が声《こえ》をかけたが、コナンはそのまま走《はし》り去《さ》ってしまった。

「もう……」ため息《いき》をもらした蘭《らん》は、持《も》っていた携帯電話《けいたいでんわ》をにらみつけた。

「新一《しんいち》もなんで電話《でんわ》に出《で》ないのよ！」


妃法律事務所《きさきほうりつじむしょ》を出《で》たコナンは、スケボーに乗《の》って道路《どうろ》を走《はし》った。

すると、路地《ろじ》から一台《いちだい》のＲＸ《アールエックス》－７《セブン》が曲《ま》がり、コナンの背後《はいご》についた。

コナンはガガガ……とスケボーのテールを道路《どうろ》に押《お》しつけてスピードを緩《ゆる》めると、クルリとターンして止《と》まった。車《くるま》もブレーキがかかり、徐行《じょこう》して路肩《ろかた》へ寄《よ》せる。

その車《くるま》を運転《うんてん》していたのは安室《あむろ》だった。

「僕《ぼく》が来《く》ることがわかってたようだね」

「初《はじ》めに違和感《いわかん》に気《き》づいたのは、あのときだよ」

安室《あむろ》の愛車《あいしゃ》、ＲＸ《アールエックス》－７《セブン》の運転席《うんてんせき》の横《よこ》についたコナンは、ズボンのポケットからスマホを取《と》り出《だ》した。

「博士《はかせ》に調《しら》べてもらったら、遠隔操作《えんかくそうさ》アプリが入《はい》ってた。アイコンが残《のこ》らないタイプのね」

コナンが警視庁《けいしちょう》そばの公園《こうえん》で捜査会議《そうさかいぎ》を盗聴《とうちょう》していたとき、安室《あむろ》がどこからともなく現《あらわ》れた。あれは風見《かざみ》が小五郎《こごろう》の事務所《じむしょ》を家宅捜索《かたくそうさく》したときにコナンのスマホを盗《ぬす》み、遠隔操《えんかくそう》作《さ》アプリをインストールして、コナンを監視《かんし》していたからだった。スマホのバッテリーが切《き》れるのがいつもより早《はや》かったのは、アプリが常《つね》に起動《きどう》していたからだ。

「公安《こうあん》が仕込《しこ》んだ証拠《しょうこ》は？」

「なかったよ。さすがにね」

「せっかくわかったのに、なぜアプリを抜《ぬ》かなかった？」

「今《いま》から犯人《はんにん》に会《あ》うからさ」

「!?」

安室《あむろ》は驚《おどろ》いてコナンを見《み》た。

「まさかテロの犯人《はんにん》が……!?」

「うん。動機《どうき》もね」

前《まえ》を向《む》いたまま話《はな》していたコナンは、安室《あむろ》をキッとにらみつけた。

「動機《どうき》は安室《あむろ》さん、アンタたちだ！」

「!?」

安室《あむろ》は大《おお》きく目《め》を見開《みひら》いた。

なぜテロの動機《どうき》が公安《こうあん》になるのか——安室《あむろ》には皆目見当《かいもくけんとう》がつかなかった。

「事《こと》の発端《ほったん》は、〈NAZU《ナズ》不正《ふせい》アクセス事件《じけん》〉だよ」

「それは去年起《きょねんお》きた……」

言《い》いかけて、安室《あむろ》はハッと何《なに》かに気《き》づいた。

「羽場二三一《はばふみかず》か……!!」

コナンは「うん」とうなずいた。

「羽場《はば》さんは去年《きょねん》、拘置所《こうちしょ》で自殺《じさつ》してるよね？」

「ああ……」

安室《あむろ》は顔《かお》を前《まえ》に向《む》けた。

「ちょうど、去年《きょねん》の今日《きょう》だったな……」

「去年《きょねん》の今日《きょう》……!?」

五月一日《ごがつついたち》――コナンは調査報告書《ちょうさほうこくしょ》に書《か》かれていた日付《ひづけ》を思《おも》い出《だ》した。それと同時《どうじ》に、宇《う》宙探査機《ちゅうたんさき》のニュースを伝《つた》えるナレーターの声《こえ》が脳裏《のうり》によみがえる。

『無人探査機《むじんたんさき》〈はくちょう〉が火星《かせい》からのサンプル採取《さいしゅ》を終《お》え、日本時間《にほんじかん》の五月一日《ごがつついたち》、いよいよ地球《ちきゅう》に帰《かえ》ってきます』

これから起《お》ころうとすることに、コナンと安室《あむろ》は同時《どうじ》に気《き》づいた。

「そうか……なんてことだ」

「きっとまだ犯人《はんにん》の復讐《ふくしゅう》は終《お》わってない!!」

コナンはスケボーを急《きゅう》ターンさせ、道路《どうろ》を駆《か》け抜《ぬ》けた。安室《あむろ》の車《くるま》も追《お》うように発進《はっしん》する。

コナンが交差点《こうさてん》に差《さ》しかかろうとしたとき——右《みぎ》から走《はし》ってきた車《くるま》のカーナビが突然爆《とつぜんばく》発《はつ》して、急《きゅう》ブレーキをかけた。後続車《こうぞくしゃ》が追突《ついとつ》し、さらに右《みぎ》から交差点《こうさてん》に入《はい》ってきた車《くるま》に弾《はじ》き飛《と》ばされ、宙《ちゅう》を舞《ま》う車《くるま》がスケボーで走《はし》っていたコナンに襲《おそ》いかかる——!

「!!」

コナンは間一髪《かんいっぱつ》のところでかわした。

「ちっ!」

コナンの後《うし》ろを走《はし》っていた安室《あむろ》がハンドルを切《き》る。

ドガアァァアン!!

飛《と》んできた車《くるま》はRX《アールエックス》-7《セブン》のすぐ横《よこ》に落下《らっか》して、すれすれでよけた安室《あむろ》は逆《ぎゃく》にハンドルを切《き》って体勢《たいせい》を立《た》て直《なお》した。

「IoT《アイオーティー》テロか!」

すると、今度《こんど》は振《ふ》り返《かえ》っていたコナンの前《まえ》で、交差点《こうさてん》に入《はい》ってきた大型《おおがた》トラックが停《と》まっていた事故車《じこしゃ》に激突《げきとつ》した。衝撃《しょうげき》で横滑《よこすべ》りした大型《おおがた》トラックが迫《せま》り、コナンはとっさに身《み》をかがめて車体《しゃたい》の下《した》に入《はい》った。大型《おおがた》トラックがコナンの頭《あたま》すれすれのところを通過《つうか》する。車体《しゃたい》の下《した》を通《とお》り抜《ぬ》けたコナンはボードを蹴《け》って跳《は》ね上《あ》がると、ガードレールの上《うえ》を滑《すべ》った。

交差点《こうさてん》は玉突《たまつ》き事故《じこ》を起《お》こして停車《ていしゃ》している車《くるま》だらけだった。コナンはそれらの車《くるま》に次々《つぎつぎ》と飛《と》び乗《の》って加速《かそく》し、交差点《こうさてん》を通《とお》り抜《ぬ》けた。走行中《そうこうちゅう》の車《くるま》をよけながら進《すす》んでいく。

すると、頭上《ずじょう》に架《か》かる高速道路《こうそくどうろ》から激《はげ》しい衝突音《しょうとつおん》がした。

大型《おおがた》トラックと衝突《しょうとつ》した乗用車《じょうようしゃ》が側壁《そくへき》を突《つ》き破《やぶ》り、スケボーで突進《とっしん》するコナンを目《め》がけて落《お》ちてくる——!!

よけられない——そう思《おも》った瞬間《しゅんかん》、落下《らっか》する乗用車《じょうようしゃ》がスローモーションのようにゆっくりと迫《せま》って見《み》えた。

ズガアアアアン!!

轟音《ごうおん》と共《とも》に、コナンの前《まえ》に割《わ》り込《こ》んできたRX《アールエックス》-7《セブン》が乗用車《じょうようしゃ》と激突《げきとつ》した。

「安室《あむろ》さんっ!!」

高架下《こうかした》でひっくり返《かえ》って煙《けむり》を上《あ》げる乗用車《じょうようしゃ》のそばで、車体《しゃたい》の右前部《みぎぜんぶ》がつぶれたRX《アールエックス》-7《セブン》が停《と》まっていた。バックしてコナンの方《ほう》に向《む》く。

「行《い》けっ!!」

安室《あむろ》はひび割《わ》れたフロントガラスを拳《こぶし》で砕《くだ》きながら叫《さけ》んだ。

力強《ちからづよ》くうなずいたコナンが通《とお》りに出《で》てスケボーで疾走《しっそう》すると、フロントガラスを叩《たた》き落《お》とした安室《あむろ》も車《くるま》を走《はし》らせた。


その頃《ころ》。子供《こども》たちは阿笠博士《あがさはかせ》の家《いえ》でテレビを見《み》ていた。

無人探査機《むじんたんさき》〈はくちょう〉が今夜帰還《こんやきかん》するとあって、テレビ局《きょく》はこぞって特番《とくばん》を組《く》み、子供《こども》たちは緊急生中継番組《きんきゅうなまちゅうけいばんぐみ》に釘付《くぎづ》けになっていた。

『長野県《ながのけん》の国立天文台《こくりつてんもんだい》です。たった今《いま》、地球《ちきゅう》から約五万《やくごまん》キロ先《さき》の〈はくちょう〉を観測《かんそく》したとの……』

テレビのアナウンサーが告《つ》げる中《なか》、阿笠博士《あがさはかせ》は白衣《はくい》の袖《そで》をたくし上《あ》げて腕時計《うでどけい》を見《み》た。

夜《よる》の七時《しちじ》を少《すこ》し過《す》ぎたところだ。

「もうこんな時間《じかん》じゃ。送《おく》っていくぞい」

子供《こども》たちは「え〜」と不満《ふまん》げな声《こえ》をもらした。

「もうすぐ火星《かせい》から〈はくちょう〉が帰《かえ》ってくるのに〜」

「テレビ中継《ちゅうけい》見《み》せてくださいよぉ」

「ダメよ。家《いえ》で見《み》なさい」

キッチンの椅子《いす》に座《すわ》った灰原《はいばら》が言《い》うと、光彦《みつひこ》は「そんなぁ〜」と肩《かた》を落《お》とした。すると、阿笠博士《あがさはかせ》のスマホが鳴《な》った。

「ん？　おお、どうした」

電話《でんわ》はコナンからだった。

「ああ、それなら今《いま》、子供《こども》たちが中継《ちゅうけい》を見《み》たがっててのぉ。——ん？　大気圏突入《たいきけんとつにゅう》までの時間《じかん》？　えーっと、確《たし》か……」

（……工藤君《くどうくん》？）

阿笠博士《あがさはかせ》のやりとりを聞《き》いていた灰原《はいばら》は、何《なに》かあったと直感《ちょっかん》した。

「あと一時間弱《いちじかんじゃく》!?」

阿笠博士《あがさはかせ》から〈はくちょう〉が大気圏《たいきけん》に突入《とつにゅう》するまでの時間《じかん》を聞《き》いたコナンは、思《おも》わず叫《さけ》んだ。「時間《じかん》がねぇっ!!」

トンネルの中《なか》をスケボーで走《はし》るコナンの左側《ひだりがわ》には、安室《あむろ》の車《くるま》が並走《へいそう》していた。

「コナン君《くん》、やはり犯人《はんにん》は……」

「ああ！　NAZU《ナズ》に不正《ふせい》アクセスして落《お》とすつもりだ!!」

けれど一体《いったい》どこに落《お》とすつもりなのか――コナンにはわからなかった。

ハンドルを握《にぎ》る安室《あむろ》は、クソッ、と歯噛《はが》みした。

「まさか、宇宙《そら》からとは！」

トンネルを抜《ぬ》けると、ビル群《ぐん》の合間《あいま》に雲《くも》に覆《おお》われた夜空《よぞら》が広《ひろ》がっていた。

7

蘭《らん》は英理《えり》、園子《そのこ》と一緒《いっしょ》に、釈放《しゃくほう》された小五郎《こごろう》を迎《むか》えに警視庁《けいしちょう》に来《き》ていた。

「あ、来《き》た！　おじさま！」

廊下《ろうか》で待《ま》っていると、高木《たかぎ》に連《つ》れられた小五郎《こごろう》が現《あらわ》れた。

「お父《とう》さん！」

駆《か》けてくる蘭《らん》に、小五郎《こごろう》は「お、おう」と複雑《ふくざつ》な顔《かお》で手《て》を上《あ》げた。

「お帰《かえ》りなさい！」

「……心配《しんぱい》かけたな、蘭《らん》」

小五郎《こごろう》は胸《むね》に飛《と》び込《こ》んできた蘭《らん》を抱《だ》きしめた。「本当《ほんとう》によかった……！」と蘭《らん》が涙《なみだ》ぐむ。

「それと……英理《えり》もいろいろすまんかった」

小五郎《こごろう》が言《い》うと、英理《えり》は「何言《なにい》ってるの」と微笑《ほほえ》んだ。

小五郎《こごろう》の胸《むね》で泣《な》いている蘭《らん》を見《み》た園子《そのこ》は、思《おも》わずもらい泣《な》きをしてしまった。

「よかったねぇ～、蘭《らん》」

「園子《そのこ》……ありがと」

蘭《らん》は振《ふ》り返《かえ》って涙《なみだ》を手《て》でぬぐった。笑顔《えがお》で寄《よ》り添《そ》う三人《さんにん》の姿《すがた》を見《み》ていたら、園子《そのこ》はまた涙《なみだ》が出《で》そうになった。

「そうだ！　この感動《かんどう》シーンを推理《すいり》オタクにも送《おく》ってやろ」

思《おも》いついた園子《そのこ》がさっそくスマホを構《かま》えると、

「ちょっと園子《そのこ》！」

蘭《らん》は恥《は》ずかしそうに顔《かお》を赤《あか》らめた。その横《よこ》で、写《うつ》り込《こ》もうとした高木《たかぎ》がピースサインをする。園子《そのこ》はスマホを構《かま》えながら、邪魔《じゃま》だといわんばかりにシッシと手《て》を振《ふ》った。

「これで連絡取《れんらくと》れるはずよ！　はい、チーズ」

シャッターボタンを押《お》そうとした瞬間《しゅんかん》――突然《とつぜん》、周囲《しゅうい》の電灯《でんとう》が消《き》えて真《ま》っ暗《くら》になった。

「なんだ？」「どうした！」「停電《ていでん》か？」

捜査会議《そうさかいぎ》が行《おこな》われていた大会議室《だいかいぎしつ》も電灯《でんとう》が消《き》えて、捜査陣《そうさじん》がざわついた。

「誰《だれ》か予備《よび》の明《あか》りをお願《ねが》いします！」

真《ま》っ暗《くら》な中《なか》、佐藤《さとう》が声《こえ》を張《は》り上《あ》げる。目暮《めぐれ》のそばにいた千葉《ちば》は「警部《けいぶ》！」と声《こえ》をかけた。

「非常用電源《ひじょうようでんげん》が破壊《はかい》されているようです！」

「何《なに》!?　一体何《いったいなに》が起《お》きとるんだ……!!」

目暮《めぐれ》が真《ま》っ暗《くら》な天井《てんじょう》を見上《みあ》げていると、後方《こうほう》のドアから白鳥《しらとり》が入《はい》ってきた。前方《ぜんぽう》にいる黒田《くろだ》たちに向《む》かって叫《さけ》ぶ。

「NAZU《ナズ》から報告《ほうこく》です！　無人探査機《むじんたんさき》への不正《ふせい》アクセスが確認《かくにん》されました!!」

「なんだと!?」

「このままではカプセルの切《き》り離《はな》しができないようです!!」

停電《ていでん》に見舞《みま》われたのは警視庁付近《けいしちょうふきん》だけだった。警視庁《けいしちょう》を取《と》り巻《ま》く一帯《いったい》だけ、ぽっかりと穴《あな》が開《あ》いたように暗黒《あんこく》に沈《しず》んでいる。

IoT《アイオーティー》テロによる事故《じこ》で交通規制《こうつうきせい》が敷《し》かれているため、警視庁付近《けいしちょうふきん》は車《くるま》もほとんど走《はし》っておらず、風見《かざみ》は人気《ひとけ》のない歩道《ほどう》を走《はし》りながら安室《あむろ》に電話《でんわ》をした。

「〈はくちょう〉本体《ほんたい》は大気圏《たいきけん》で燃《も》え尽《つ》きますが、カプセルの落下地点《らっかちてん》が狂《くる》ってることが判明《はんめい》し、NAZU《ナズ》では騒《さわ》ぎになっているようです。最新《さいしん》の落下予測《らっかよそく》データを送《おく》ります！」

暗闇《くらやみ》に包《つつ》まれた大会議室《だいかいぎしつ》では、ひな壇《だん》に座《すわ》った黒田《くろだ》の周《まわ》りに捜査陣《そうさじん》が集《あつ》まっていた。懐中電灯《かいちゅうでんとう》やランタンで明《あか》るくなった長机《ながづくえ》で、黒田《くろだ》の正面《しょうめん》に立《た》った高木《たかぎ》はタブレット端末《たんまつ》で地図《ちず》アプリを起動《きどう》した。

「……東経一三九度四十五分八・四〇五秒《とうけいいひゃくさんじゅうきゅうどよんじゅうごふんはってんよんぜろごびょう》。NAZU《ナズ》による予想落下地点《よそうらっかちてん》は……」

検索《けんさく》ボックスに座標《ざひょう》を入力《にゅうりょく》してエンターキーをタッチすると、座標《ざひょう》の場所《ばしょ》にピンが表示《ひょうじ》された。

「え？　ここって――」

高木《たかぎ》の隣《となり》に立《た》っていた佐藤《さとう》は、ピンが表示《ひょうじ》された場所《ばしょ》を見《み》て息《いき》をのんだ。

「なんてことだ……」

車《くるま》を走《はし》らせていた安室《あむろ》は、車載《しゃさい》ホルダーのスマホに送《おく》られてきた落下予測《らっかよそく》データを見《み》てつぶやいた。

「コナン君《くん》！」

スマホを取《と》って、車《くるま》の横《よこ》を走《はし》っているコナンに見《み》せる。

画面《がめん》に表示《ひょうじ》された地図《ちず》の中央《ちゅうおう》で落下地点《らっかちてん》を示《しめ》す赤《あか》いピンが立《た》っていたのは——警視庁《けいしちょう》だった。

「やはり、犯人《はんにん》の狙《ねら》いは警視庁《けいしちょう》……!!」

コナンは行《ゆ》く手《て》に黒《くろ》く浮《う》かぶ警視庁《けいしちょう》のビルを見《み》た。

「カプセルが警視庁《けいしちょう》に!?」

「どうなってるんだ!?」

NAZU《ナズ》による予想落下地点《よそうらっかちてん》が警視庁《けいしちょう》だと判明《はんめい》して、大会議室《だいかいぎしつ》は騒然《そうぜん》となった。

「四《よん》メートルを超《こ》えるカプセルがここに落下《らっか》すれば、被害《ひがい》は想像《そうぞう》がつかないぞ！」

「落下《らっか》カプセルはGPS《ジーピーエス》を積《つ》んだ精密誘導《せいみつゆうどう》システムにより、半径二百《はんけいにひゃく》メートル以内《いない》の誤差《ごさ》で落《お》ちてきます」

目暮《めぐれ》と白鳥《しらとり》の言葉《ことば》を受《う》けて、黒田《くろだ》は冷静《れいせい》に判断《はんだん》した。

「大至急《だいしきゅう》、大型人員輸送車《おおがたじんいんゆそうしゃ》を手配《てはい》しろ！　警視庁《けいしちょう》を中心《ちゅうしん》に半径一《はんけいいち》キロ圏内《けんない》は即時退避《そくじたいひ》!!」

一同《いちどう》は「ハイッ！」と声《こえ》をそろえ、各々《おのおの》動《うご》き出《だ》した。

高木《たかぎ》に連《つ》れられて大会議室《だいかいぎしつ》の隅《すみ》で立《た》っていた小五郎《こごろう》は、ドアから出《で》ていく刑事《けいじ》たちを目《め》で追《お》った。そばにいた蘭《らん》が不安《ふあん》そうに小五郎《こごろう》を見《み》る。

「お父《とう》さん……」

「大丈夫《だいじょうぶ》だ、俺《おれ》がついてる。——英理《えり》、お前《まえ》も」

小五郎《こごろう》は英理《えり》の腕《うで》をつかんだ。

「俺《おれ》のそばを離《はな》れるな！」

いつになく真剣《しんけん》な表情《ひょうじょう》で見《み》つめられて、

「え、ええ……」

英理《えり》は思《おも》わず頬《ほお》を赤《あか》らめた。

「……やるじゃん」

二人《ふたり》のそばでやりとりを見《み》ていた園子《そのこ》は、感心《かんしん》した顔《かお》でつぶやいた。

警視庁《けいしちょう》の正面玄関前《しょうめんげんかんまえ》にある広場《ひろば》は、ビルから出《で》てきた大勢《おおぜい》の警察官《けいさつかん》や職員《しょくいん》たちでごった返《がえ》していた。スマホを片手《かたて》に走《はし》ってきた風見《かざみ》は、人《ひと》の流《なが》れに逆《さか》らうように進《すす》んだ。

「探査機《たんさき》から切《き》り離《はな》されたカプセルは隕石《いんせき》のように落下《らっか》するだけ！　つまり大気圏突入前《たいきけんとつにゅうまえ》のわずかな時間《じかん》しか軌道《きどう》のコントロールができません!!」

その頃《ころ》。政府《せいふ》は首相官邸《しゅしょうかんてい》に官邸対策室《かんていたいさくしつ》を設置《せっち》し、関係省庁《かんけいしょうちょう》の幹部職員《かんぶしょくいん》が緊急参集《きんきゅうさんしゅう》した。

大会議室《だいかいぎしつ》では防災《ぼうさい》マップが映《うつ》し出《だ》された大型《おおがた》スクリーンを前《まえ》に、総理大臣《そうりだいじん》や関係閣僚《かんけいかくりょう》が向《む》かい合《あ》って座《すわ》り、その後方《こうほう》には事務方《じむかた》が並《なら》んでいる。

「警視庁《けいしちょう》の一《いち》キロ圏内《けんない》には各省庁《かくしょうちょう》、公園《こうえん》やホテルも多《おお》く、避難人員《ひなんじんいん》はざっと計算《けいさん》しておよそ十五万人《じゅうごまんにん》」

「それだけの人員《じんいん》の避難先《ひなんさき》として、一《いち》キロ圏外《けんがい》にある候補地《こうほち》と順路《じゅんろ》をまとめてあります」

黒田《くろだ》は説明《せつめい》している国土交通大臣《こくどこうつうだいじん》の後《うし》ろを通《とお》り、警備局担当審議官《けいびきょくたんとうしんぎかん》に近《ちか》づいて耳打《みみう》ちした。目《め》を見開《みひら》いた警備局担当審議官《けいびきょくたんとうしんぎかん》が「総理《そうり》！」と向《む》き直《なお》る。

「NAZU《ナズ》からメモリーの修正《しゅうせい》ができないとの報告《ほうこく》が！」

「何《なに》っ!?」

「地上局《ちじょうきょく》から探査機《たんさき》へ送《おく》る信号《しんごう》は、特定《とくてい》のコードで暗号化《あんごうか》されているのですが、そのコードが一致《いっち》しないと、メモリーの書《か》き換《か》えができないそうです！」

コード不一致《ふいっち》のため探査機《たんさき》のメモリー情報《じょうほう》を書《か》き換《か》えられない――NAZU《ナズ》からの報告《ほうこく》

を風見《かざみ》から電話《でんわ》で知《し》らされた安室《あむろ》は、車《くるま》と並行《へいこう》して走《はし》るコナンに伝《つた》えた。

「つまり、そのコードを犯人《はんにん》が変《か》えたってこと!?」

「ああ。NAZU《ナズ》に不正《ふせい》アクセスして探査機《たんさき》の軌道《きどう》を変《か》えたときに！」

「変更《へんこう》したコードを聞《き》き出《だ》さないと！」

「そのために『協力者《きょうりょくしゃ》』になってほしい」

安室《あむろ》は左手《ひだりて》でハンドルを握《にぎ》ったまま、右手《みぎて》でジャケットのポケットを探《さぐ》り、つぶれた盗《とう》聴発信機《ちょうはっしんき》を見《み》せた。

「こんなスゴイ物《もの》を開発《かいはつ》する博士《はかせ》に」

「何《なに》をするの!?」

コナンがたずねると、安室《あむろ》は意味深《いみしん》にニヤリと微笑《ほほえ》んだ。

「死《し》んだ人間《にんげん》をよみがえらせるのさ！」


コナンから電話《でんわ》をもらった阿笠博士《あがさはかせ》は、自宅《じたく》の屋上《おくじょう》で改造《かいぞう》したドローンの試運転《しうんてん》をした。

八《やっ》つのプロペラが回《まわ》り出《だ》し、ドローンが垂直《すいちょく》に上昇《じょうしょう》していく。

「さすがじゃのう。こんな作戦《さくせん》を思《おも》いつくなんて……」

一気《いっき》に舞《ま》い上《あ》がったドローンは、あっという間《ま》に夜空《よぞら》に消《き》えた。屋上《おくじょう》に続《つづ》くらせん階段《かいだん》に腰《こし》を下《お》ろした灰原《はいばら》が、ノートパソコンを開《ひら》く。

「これでコードが聞《き》き出《だ》せればいいけど……」

「さらなるスピードアップに成功《せいこう》したんじゃぞ？」

夜空《よぞら》を見上《みあ》げた博士《はかせ》は、得意《とくい》げな顔《かお》でコントローラを操作《そうさ》した。すると、灰原《はいばら》のパソコンにドローンの空撮映像《くうさつえいぞう》が映《うつ》った。上空《じょうくう》から撮《と》った阿笠邸《あがさてい》が映《うつ》っているものの、ぶれて画《が》像《ぞう》が不安定《ふあんてい》になっている。

「博士《はかせ》、映像《えいぞう》がフラフラしてる。これじゃあうまくいかないわよ」

「ん～、夜《よる》の飛行《ひこう》は初《はじ》めてじゃからのぉ……」

阿笠博士《あがさはかせ》がぼやきながら操作《そうさ》していると、テレビを見《み》ていた子供《こども》たちがらせん階段《かいだん》を上《のぼ》ってきた。

「あ！　夜《よる》のドローン、オレもやりてー!!」

「博士《はかせ》たちだけでずるいですよ！」

「テレビ、〈はくちょう〉うつらないんだもん！」

パソコン画面《がめん》を見《み》ていた灰原《はいばら》は、ニコッと笑《わら》った。

「そうね。じゃあお願《ねが》いできる？　博士《はかせ》の操作《そうさ》じゃ不安《ふあん》で」

「やったー！」

「楽《たの》しみですね～！」

子供《こども》たちは歓声《かんせい》を上《あ》げながら屋上《おくじょう》に出《で》てきた。

「そーじゅーこと言《い》うの……」

阿笠博士《あがさはかせ》が不満《ふまん》げに見《み》ると、灰原《はいばら》は涼《すず》しい顔《かお》で微笑《ほほえ》んだ。

「ここはあの子《こ》たちに任《まか》せて、私《わたし》たちは準備《じゅんび》を進《すす》めましょう」

子供《こども》たちは嬉《うれ》しそうに三《みっ》つに分《わ》かれたコントローラをそれぞれ持《も》ち、ポーズを決《き》めた。

「ボクたち！」「ドローン！」「飛《と》ばし隊《たい》！」


首相官邸《しゅしょうかんてい》の地下一階《ちかいっかい》にある危機管理《ききかんり》センターでは、新《あら》たに緊急災害対策本部《きんきゅうさいがいたいさくほんぶ》が設置《せっち》された。大型《おおがた》スクリーンには緊急連絡《きんきゅうれんらく》システム、気象情報《きしょうじょうほう》システム、中央防災無線《ちゅうおうぼうさいむせん》システムから配信《はいしん》された映像《えいぞう》が映《うつ》し出《だ》され、防災服《ぼうさいふく》を着込《きこ》んだ各大臣《かくだいじん》と担当政務官《たんとうせいむかん》がずらりと並《なら》ぶ。

「規制空域内《きせいくういきない》の航空機《こうくうき》、及《およ》び東京湾《とうきょうわん》と太平洋近海《たいへいようきんかい》の船舶《せんぱく》に、以上《いじょう》の緊急命令《きんきゅうめいれい》を発《はっ》しました！」

国土交通省審議官《こくどこうつうしょうしんぎかん》の報告《ほうこく》に、口火《くちび》を切《き》ったのは内閣府大臣政務官《ないかくふだいじんせいむかん》だった。

「外国《がいこく》からの武力攻撃《ぶりょくこうげき》でなくとも、イージス艦《かん》やペトリオットの使用《しよう》は可能《かのう》なのか？」

「警戒管制《けいかいかんせい》レーダーの使用《しよう》は可能《かのう》ですが……」

防衛大臣《ぼうえいだいじん》は突然《とつぜん》の打診《だしん》にとまどいながら、手元《てもと》の資料《しりょう》ファイルを確認《かくにん》した。

「正確《せいかく》な情報《じょうほう》なしに大気圏突入後《たいきけんとつにゅうご》の迎撃《げいげき》は、不可能《ふかのう》です」

東京湾《とうきょうわん》に架《か》かる東京《とうきょう》ゲートブリッジでは、避難者《ひなんしゃ》を乗《の》せた大型人員輸送車《おおがたじんいんゆそうしゃ》が何十台《なんじゅうだい》と連《つら》なって走《はし》っていた。

蘭《らん》と園子《そのこ》、小五郎《こごろう》と英理《えり》は目暮《めぐれ》が添乗《てんじょう》する輸送車《ゆそうしゃ》の座席《ざせき》に並《なら》んで座《すわ》っていた。

「これからおよそ三万人《さんまんにん》が東京湾《とうきょうわん》の埋立地《うめたてち》にある〈エッジ・オブ・オーシャン〉に避難《ひなん》します」

運転席《うんてんせき》のそばに立《た》った目暮《めぐれ》が言《い》うと、乗客《じょうきゃく》は不安《ふあん》そうに顔《かお》を見合《みあ》わせた。

「どこだっけ？」「わかんない」並《なら》んで座《すわ》った小学生《しょうがくせい》の女《おんな》の子《こ》が首《くび》を横《よこ》に振《ふ》る。

園子《そのこ》が「あの！」と手《て》を上《あ》げた。

「そこってサミットをする予定《よてい》だった？」

「いかにも。我々《われわれ》はカジノタワーに避難《ひなん》します」

「カジノタワー……？」

蘭《らん》が首《くび》をかしげると、園子《そのこ》は「ああ、アレよ」と窓《まど》の外《そと》を指差《ゆびさ》した。

海《うみ》の向《む》こうに見《み》える埋立地《うめたてち》には、ひときわ高《たか》いらせんのモチーフがデザインされた建造《けんぞう》物《ぶつ》が建《た》っていて、その最上部《さいじょうぶ》からまばゆい光《ひかり》を放《はな》っている。

「そうだ。新一《しんいち》に連絡《れんらく》しなきゃ」

ふと思《おも》いついた蘭《らん》は、携帯電話《けいたいでんわ》を取《と》り出《だ》した。


コナンと安室《あむろ》は警視庁《けいしちょう》の近《ちか》くまで来《き》ていた。

路肩《ろかた》のあちこちに停《と》まっている大型人員輸送車《おおがたじんいんゆそうしゃ》には続々《ぞくぞく》と人《ひと》が乗《の》り込《こ》み、その周《まわ》りには何台《なんだい》もの車《くるま》が乗《の》り捨《す》てられている。

コナンはスケボーをスライドさせて止《と》まると、ある建物《たてもの》に向《む》かって走《はし》り出《だ》した。安室《あむろ》も車《くるま》を停《と》めて走《はし》り出《だ》す。

建物《たてもの》からはスーツ姿《すがた》の人々《ひとびと》が流《なが》れ出《で》てきて、コナンと安室《あむろ》は人波《ひとなみ》に逆《さか》らうようにロビーへ入《はい》った。スマホを切《き》った安室《あむろ》が前《まえ》を走《はし》るコナンに告《つ》げる。

「NAZU《ナズ》はコードを送《おく》り続《つづ》けているが、やはり探査機《たんさき》にアクセスできないようだ！」

(早《はや》くコードを聞《き》き出《だ》さねーと……!!)

コナンと安室《あむろ》は走《はし》りながらすれ違《ちが》う人々《ひとびと》を確認《かくにん》した。

すると、押《お》し寄《よ》せる人波《ひとなみ》の中《なか》に見覚《みおぼ》えのある人物《じんぶつ》がいた。誰《だれ》もが一目散《いちもくさん》に出入《でい》り口《ぐち》へ走《はし》る中《なか》、一人《ひとり》だけスマホを見《み》ながら歩《ある》いている——。

コナンは立《た》ち止《ど》まった。

その人物《じんぶつ》とすれ違《ちが》う瞬間《しゅんかん》——腕《うで》を伸《の》ばして、スーツの袖《そで》をつかむ。

持《も》っていたスマホがカシャーンと音《おと》を立《た》てて床《ゆか》に落《お》ちた。

安室《あむろ》は落《お》ちたスマホを拾《ひろ》うと、その画面《がめん》をコナンたちに向《む》けた。

真《ま》っ黒《くろ》な画面《がめん》に数字《すうじ》とアルファベットが羅列《られつ》し、その中央《ちゅうおう》には大《おお》きく『ERROR《エラー》』の文字《もじ》がある。

「それは、NAZU《ナズ》の地上局《ちじょうきょく》で見《み》られるデータだよね。テロの犯人《はんにん》さん」

「!?」

スマホの持《も》ち主《ぬし》——日下部《くさかべ》は驚《おどろ》いて袖《そで》をつかむコナンを見下《みお》ろした。

「まさか、日下部検事《くさかべけんじ》、あなただったとはね」

安室《あむろ》はスマホを持《も》った手《て》を下《お》ろした。

「……なんだね、君《きみ》たちは」

日下部《くさかべ》はコナンの手《て》を振《ふ》りほどいた。

職員《しょくいん》たちが次々《つぎつぎ》と外《そと》へ出《で》ていき、東京地検《とうきょうちけん》のロビーは人気《ひとけ》がなくなり、いつの間《ま》にか三人《さんにん》だけになっていた。

「もっと早《はや》く気《き》づくべきだったよ。アンタが申請《しんせい》した証拠一覧《しょうこいちらん》を見《み》たときにな……」

コナンは証拠一覧《しょうこいちらん》にあった現場鑑識写真《げんばかんしきしゃしん》を思《おも》い浮《う》かべた。

ナンバリングされた写真《しゃしん》の中《なか》に『不詳《ふしょう》』と書《か》かれた黒《くろ》っぽいガラス片《へん》の写真《しゃしん》があった。

写真《しゃしん》を見《み》たとき、コナンはどこかで見《み》たような気《き》がしたが——あれは圧力《あつりょく》ポットのタッチパネルの部分《ぶぶん》だったのだ。

「あのガラス片《へん》は、犯人《はんにん》しか知《し》りえない本当《ほんとう》の発火物《はっかぶつ》の一部《いちぶ》だったんだ。アンタはそれを証拠申請《しょうこしんせい》してしまった。発火物《はっかぶつ》がまだ『高圧《こうあつ》ケーブル』だと思《おも》われていたときにね！」

「‼」日下部《くさかべ》はビクリと肩《かた》を跳《は》ね上《あ》げた。

そのとき、新一《しんいち》のスマホが振動《しんどう》した。

「ナイスタイミング」

コナンはスマホを取《と》り出《だ》し、メールに添付《てんぷ》された書類《しょるい》を開《ひら》いた。

「去年起《きょねんお》きた『NAZU《ナズ》不正《ふせい》アクセス事件《じけん》』の公判資料《こうはんしりょう》だ。アンタが担当《たんとう》した」

コナンは画面《がめん》をスワイプして、『検察官《けんさつかん》　日下部誠《くさかべまこと》』と書《か》かれた箇所《かしょ》を見《み》せた。

安室《あむろ》が、そうか、とうなずく。

「その事件《じけん》の手口《てぐち》は、ノーアを使《つか》った不正《ふせい》アクセス……」

「自分《じぶん》が担当《たんとう》した事件《じけん》の手口《てぐち》を使《つか》って、サイバーテロを働《はたら》いたんだよね？」

日下部《くさかべ》は答《こた》えなかった。ただ、その表情《ひょうじょう》は明《あき》らかに狼狽《ろうばい》していた。

「でも、それに誤算《ごさん》が生《しょう》じた」

「NAZU《ナズ》ではすでに犯人《はんにん》を追跡《ついせき》するシステムが完成《かんせい》していた」

安室《あむろ》の言葉《ことば》に、コナンは小《ちい》さくうなずき、日下部《くさかべ》に目《め》を向《む》けた。

「それを知《し》ったアンタは、バグを作《つく》ったノーアでアクセスし、IoT《アイオーティー》テロに見《み》せかけて上司《じょうし》のスマホを発火《はっか》させたんだ。そのダミーを警察《けいさつ》に特定《とくてい》させるためにね。だから、IoT《アイオーティー》

テロのタイミングが妙《みょう》だったんだね」

コナンが言《い》い終《お》わると同時《どうじ》に、日下部《くさかべ》が安室《あむろ》に突進《とっしん》した。タックルするように腕《うで》に絡《から》み付《つ》き、スマホを奪《うば》う。

「私《わたし》の物《もの》に勝手《かって》に触《ふ》れるな！」

安室《あむろ》の胸《むね》をドンッと突《つ》いて、日下部《くさかべ》は逃《に》げ出《だ》した。コナンがすばやく追《お》いかけ、安室《あむろ》も遅《おく》れて続《つづ》く。

日下部《くさかべ》は裏口《うらぐち》から駐車場《ちゅうしゃじょう》に出《で》た。

「あのスマホにノーアを使《つか》った痕跡《こんせき》があるんだ！」

「まったく！」

手《て》を焼《や》かせる——と言《い》わんばかりに顔《かお》をしかめた安室《あむろ》は、コナンを追《お》い抜《ぬ》いていった。

コナンは駐車場《ちゅうしゃじょう》の植《う》え込《こ》みに置《お》かれた空《あ》き缶《かん》に気《き》づいた。走《はし》りながら空《あ》き缶《かん》をつかみ、キック力増強《りょくぞうきょう》シューズのダイヤルをすばやく回《まわ》す。

日下部《くさかべ》は駐車《ちゅうしゃ》した車《くるま》の間《あいだ》を縫《ぬ》うように走《はし》っていた。

「逃《に》がすかよ！」

コナンは空《あ》き缶《かん》を思《おも》い切《き》り蹴《け》った。車《くるま》の間《あいだ》を一直線《いっちょくせん》に突《つ》き進《すす》んだ空《あ》き缶《かん》が、日下部《くさかべ》の腕《うで》に直撃《ちょくげき》する。

「ぐあっ！」

激突《げきとつ》された衝撃《しょうげき》で植《う》え込《こ》みに吹《ふ》っ飛《と》んだ日下部《くさかべ》は、そのまま転《ころ》がって歩道《ほどう》へ落《お》ちた。が、すぐに起《お》き上《あ》がって走《はし》り出《だ》す。

「クソッ！　ダメか!!」

「問題《もんだい》ない！」

日下部《くさかべ》を追《お》いかけていた安室《あむろ》は車《くるま》のボンネットに飛《と》び乗《の》り、駐車場《ちゅうしゃじょう》に停《と》められた車《くるま》の上《うえ》を次々《つぎつぎ》とジャンプして進《すす》んでいった。そして植《う》え込《こ》み横《よこ》の車《くるま》を踏《ふ》み台《だい》にして、大《おお》きくジャンプする。

植《う》え込《こ》みを高《たか》く飛《と》び越《こ》えた安室《あむろ》は、歩道《ほどう》を走《はし》ってきた日下部《くさかべ》の前《まえ》に着地《ちゃくち》した。

「クソォ！」

足《あし》を止《と》められた日下部《くさかべ》は安室《あむろ》に殴《なぐ》りかかった。が、安室《あむろ》はすばやくかわし、日下部《くさかべ》の肘《ひじ》と肩《かた》を押《お》さえて歩道《ほどう》に倒《たお》した。そして両腕《りょううで》を後《うし》ろ手《で》にして締《し》め上《あ》げる。

「日下部検事《くさかべけんじ》。あなたがテロを起《お》こした動機《どうき》は、本当《ほんとう》に公安警察《こうあんけいさつ》なのか!?」

痛《いた》そうに顔《かお》をゆがめた日下部《くさかべ》は、ゆっくりと口《くち》を開《ひら》いた。

「……サミット会場《かいじょう》が爆破《ばくは》され、アメリカの探査機《たんさき》が東京《とうきょう》に落《お》ちれば、公安警察《こうあんけいさつ》の威信《いしん》は完全《かんぜん》に失墜《しっつい》する」

「なぜそこまで公安警察《こうあんけいさつ》を憎《にく》む？」

日下部《くさかべ》は背後《はいご》の安室《あむろ》に顔《かお》を向《む》けてキッとにらんだ。

「お前《まえ》らの力《ちから》が強《つよ》い限《かぎ》り、我々公安検察《われわれこうあんけんさつ》は正義《せいぎ》をまっとうできない！」

「正義《せいぎ》のためなら人《ひと》が死《し》んでもいいっていうのか⁉」

追《お》いかけてきたコナンが問《と》うと、

「民間人《みんかんじん》を殺《ころ》すつもりはなかった！」

日下部《くさかべ》は即答《そくとう》した。

「だから公安警察《こうあんけいさつ》しかいないときに爆破《ばくは》し、死亡者《しぼうしゃ》が出《で》にくいＩｏＴ《アイオーティー》テロを選《えら》び、カプセルを落《お》とす地点《ちてん》もあそこを選《えら》んだ！」

と赤《あか》レンガ造《づく》りの建物《たてもの》の向《む》こうにそびえる黒《くろ》い建物《たてもの》——警視庁《けいしちょう》を見上《みあ》げる。

「警視庁《けいしちょう》を停電《ていでん》させたのは、中《なか》にいる民間人《みんかんじん》を避難《ひなん》させるため？」

コナンの問《と》いに、日下部《くさかべ》が「ああ」とうなずくと、安室《あむろ》は日下部《くさかべ》の腕《うで》を離《はな》した。

「そうか。ここへ来《く》るまでの道《みち》でＩｏＴ《アイオーティー》テロを起《お》こしたのも、入《はい》ってくる人《ひと》を止《と》めるため

「……」

「それでも、だれかが犠牲《ぎせい》になる可能性《かのうせい》は十分《じゅうぶん》あったはずだ！」

力《ちから》なくうなだれる日下部《くさかべ》にコナンが言《い》うと、日下部《くさかべ》はコナンをにらんだ。

「正義《せいぎ》のためには多少《たしょう》の犠牲《ぎせい》はやむを得《え》ない！」

「そんなの正義《せいぎ》じゃない！」

自分《じぶん》が信《しん》じて疑《うたが》わなかったものを真《ま》っ向《こう》から否定《ひてい》された日下部《くさかべ》は、ガクリと膝《ひざ》を折《お》り、両手《りょうて》を地面《じめん》についた。

「……私《わたし》の……私《わたし》の『協力者《きょうりょくしゃ》』だって犠牲《ぎせい》になった……!!」

「羽場《はば》さんはやっぱりアンタの『協力者《きょうりょくしゃ》』だったんだね」

コナンの言葉《ことば》に、日下部《くさかべ》は驚《おどろ》いて顔《かお》を上《あ》げた。

「な……なぜ、それを……」

「スマホの暗証番号《あんしょうばんごう》だよ」

コナンは東京地方裁判所《とうきょうちほうさいばんしょ》の廊下《ろうか》で日下部《くさかべ》とすれ違《ちが》ったときのことを思《おも》い浮《う》かべた。

あのとき、ピッポッパ……とトーン信号《しんごう》が聞《き》こえて振《ふ》り返《かえ》ると、日下部《くさかべ》がスマホのロックを解除《かいじょ》するために五桁《ごけた》の暗証番号《あんしょうばんごう》を入力《にゅうりょく》していた。

「あれは『88231』と打《う》ち込《こ》んだ音《おと》だった。珍《めずら》しくて気《き》になったけど、入力《にゅうりょく》する音《おと》を消《け》してなかったのは忘《わす》れないため？　『羽場《はば》二三一《ふみかず》』を――」

日下部《くさかべ》は「……違《ちが》う」と首《くび》を横《よこ》に振《ふ》り、安室《あむろ》を指差《ゆびさ》した。

「コイツらへの復讐心《ふくしゅうしん》を肝《きも》に銘《めい》じるためだ！」

敵意《てきい》を向《む》けられた安室《あむろ》は動《どう》じることなく、淡々《たんたん》と答《こた》えた。

「公安警察《こうあんけいさつ》の『協力者《きょうりょくしゃ》』はすべてゼロに報告《ほうこく》され、番号《ばんごう》で管理《かんり》される。だが、公安刑事同《こうあんけいじどう》士《し》は互《たが》いの『協力者《きょうりょくしゃ》』を知《し》らない。まして『協力者《きょうりょくしゃ》』を抱《かか》えている公安検事《こうあんけんじ》がいたなんて、去年《きょねん》まで知《し》らなかった」

「だからあのとき、私《わたし》の『協力者《きょうりょくしゃ》』を簡単《かんたん》に切《き》り捨《す》てたのか！」

激《はげ》しい怒《いか》りに肩《かた》を震《ふる》わす日下部《くさかべ》に、コナンは「なるほど」と言《い》った。

「裏《うら》があったんだね。去年《きょねん》、羽場《はば》さんが起《お》こしたあの窃盗事件《せっとうじけん》には……」

「あれは……」コナンを振《ふ》り返《かえ》った日下部《くさかべ》は、地面《じめん》に視線《しせん》を落《お》とした。

「私《わたし》が羽場《はば》に頼《たの》んだんだ。『NAZU《ナズ》不正《ふせい》アクセス事件《じけん》』の捜査《そうさ》のために……。そのアクセスデータが被疑者《ひぎしゃ》の出入《でい》りしていたゲーム会社《がいしゃ》にあると知《し》った羽場《はば》は、それを盗《ぬす》み出《だ》そうとして……公安刑事《こうあんけいじ》に捕《つか》まったんだ」

日下部《くさかべ》は悔《くや》しげに唇《くちびる》を噛《か》み締《し》めた。

「公安《こうあん》の『協力者《きょうりょくしゃ》』は、違法《いほう》で危険《きけん》な調査《ちょうさ》を余儀《よぎ》なくされる。だからこそ、公安《こうあん》と『協力《きょうりょく》者《しゃ》』の関係《かんけい》は、肉親《にくしん》よりも強《つよ》くなる。決《けっ》して金《かね》だけで繋《つな》がった関係《かんけい》じゃない。使命感《しめいかん》で繋《つな》がった、まさに一心同体《いっしんどうたい》だ……」

そう言《い》いながら、日下部《くさかべ》は昨年《さくねん》のことを思《おも》い返《かえ》した。

逮捕《たいほ》された羽場《はば》が拘置所《こうちしょ》へ移送《いそう》されると、日下部《くさかべ》はすぐに拘置所《こうちしょ》へおもむき、羽場《はば》と接《せっ》見《けん》した。

接見室《せっけんしつ》に現《あらわ》れた羽場《はば》は日下部《くさかべ》と目《め》を合《あ》わせることなく透明《とうめい》の防護板《ぼうごばん》の前《まえ》に座《すわ》り、日下部《くさかべ》は刑務官《けいむかん》に目《め》で合図《あいず》をして本来《ほんらい》はしない退室《たいしつ》をしてもらった。

「……なぜ、私《わたし》の『協力者《きょうりょくしゃ》』だと取《と》り調《しら》べで言《い》わなかった？」

羽場《はば》は顔《かお》を上《あ》げて日下部《くさかべ》をチラリと見《み》ると、首《くび》を小《ちい》さく横《よこ》に振《ふ》った。

「私《わたし》のミスで、あなたから公安検事《こうあんけんじ》の身分《みぶん》を奪《うば》うわけにはいかない」

日下部《くさかべ》は思《おも》わず身《み》を乗《の》り出《だ》し、防護板《ぼうごばん》に顔《かお》を寄《よ》せた。

「私《わたし》のことより今《いま》は自分《じぶん》のことを――」

「正義《せいぎ》の身分《みぶん》を奪《うば》われるつらさを、私《わたし》は誰《だれ》よりも知《し》っている」

羽場《はば》はそう言《い》って悔《くや》しげにうつむいた。

バンッ。日下部《くさかべ》は二人《ふたり》を隔《へだ》てる防護板《ぼうごばん》を叩《たた》いた。

「頼《たの》む！　自分《じぶん》の人生《じんせい》を考《かんが》えてくれ！」

羽場《はば》は顔《かお》を上《あ》げると、防護板《ぼうごばん》越しに日下部《くさかべ》の手《て》と自分《じぶん》の手《て》を重《かさ》ねた。

「自分《じぶん》の人生《じんせい》より、多《おお》くの日本人《にほんじん》の人生《じんせい》の方《ほう》がずっと大切《たいせつ》だ」

「……!!」

それは、日下部《くさかべ》が口癖《くちぐせ》のように言《い》っていた言葉《ことば》だった。

「いつも言《い》ってた、あなたのその志《こころざし》は、私《わたし》も同《おな》じだ」

それまでやつれた顔《かお》をしていた羽場《はば》が、凛《りん》とした眼差《まなざ》しを向《む》ける。日下部《くさかべ》は何《なに》も言《い》えず、奥歯《おくば》を噛《か》み締《し》めた。

何《なに》が起《お》ころうと己《おのれ》の信念《しんねん》が決《けっ》して変《か》わらないように、羽場《はば》の意志《いし》もまた、どう説得《せっとく》したところで変《か》わらない——日下部《くさかべ》は悟《さと》った。

羽場《はば》の窃盗事件《せっとうじけん》を担当《たんとう》する紗世子《さよこ》に全《すべ》てを話《はな》すことを決意《けつい》した日下部《くさかべ》は、東京地検《とうきょうちけん》のエントランスホールが見渡《みわた》せる通路《つうろ》に紗世子《さよこ》を呼《よ》び出《だ》した。

「羽場《はば》は私《わたし》の協力者《きょうりょくしゃ》だ。彼《かれ》が窃盗事件《せっとうじけん》を犯《おか》したのも私《わたし》が――」

「それでも彼《かれ》を起訴《きそ》します」

「何《なに》!?」

エントランスホールを見下《みお》ろしながら話《はな》していた日下部《くさかべ》は、驚《おどろ》いて紗世子《さよこ》を振《ふ》り返《かえ》った。

「まさか、また公安警察《こうあんけいさつ》に――」

「安心《あんしん》して。彼《かれ》の口《くち》からあなたの名《な》が出《で》ないよう、裁判《さいばん》はうまくやってみせるわ」

そう言《い》って笑《え》みを浮《う》かべた紗世子《さよこ》は、ポンと日下部《くさかべ》の肩《かた》に手《て》を置《お》いた。

「そんな話《はなし》をしてるんじゃない!」

日下部《くさかべ》に手《て》を振《ふ》り払《はら》われた紗世子《さよこ》は、平然《へいぜん》とした顔《かお》で歩《ある》いていった。

後日《ごじつ》、日下部《くさかべ》は公安警察《こうあんけいさつ》に直談判《じかだんぱん》しようと警視庁《けいしちょう》へ向《む》かった。

正門《せいもん》を通《とお》ろうとしたところで、ポケットのスマホが震《ふる》えた。紗世子《さよこ》からだ。

「はい」

『羽場《はば》が自殺《じさつ》したわ』

「……は？」

日下部《くさかべ》は思《おも》わず持《も》っていた鞄《かばん》を落《お》とした。

『理由《りゆう》はわからないけど、拘置所《こうちしょ》で公安警察《こうあんけいさつ》が異例《いれい》の取《と》り調《しら》べをした後《あと》すぐにね』

プツッと電話《でんわ》が切《き》れて、日下部《くさかべ》の手《て》からスマホが滑《すべ》り落《お》ちた。

がくりと膝《ひざ》をついた日下部《くさかべ》の眼前《がんぜん》に、そびえ建《た》つ警視庁《けいしちょう》がある——。

その場《ば》にうずくまって、日下部《くさかべ》は絶叫《ぜっきょう》した。


去年《きょねん》のことを思《おも》い返《かえ》していた日下部《くさかべ》は、赤《あか》レンガ造《づく》りの建物《たてもの》の向《む》こうにそびえる警視庁《けいしちょう》を再《ふた》び見上《みあ》げた。あの建物《たてもの》を見《み》るたびに、羽場《はば》が自殺《じさつ》した日《ひ》のことが日下部《くさかべ》の脳裏《のうり》にじわじわとよみがえってくる。

「羽場《はば》を自殺《じさつ》に追《お》いやったのは……いや、殺《ころ》したのは公安警察《こうあんけいさつ》だ!!」

「それで警視庁《けいしちょう》に探査機《たんさき》を落《お》とす計画《けいかく》を……？」

安室《あむろ》の言葉《ことば》に、日下部《くさかべ》は膝《ひざ》をついたまま「ああ」とうなずいた。

「〈はくちょう〉の帰《かえ》る日《ひ》が、羽場《はば》の命日《めいにち》だと知《し》ったときから……」

「IoT《アイオーティー》テロは？」

目《め》の前《まえ》に立《た》つコナンに訊《き》かれて、日下部《くさかべ》は顔《かお》を上《あ》げた。

「計画《けいかく》にはなかったが、検事《けんじ》として無実《むじつ》の人間《にんげん》を起訴《きそ》させるわけにはいかなかったんだ！」

「毛利小五郎《もうりこごろう》が犯人《はんにん》じゃないと証明《しょうめい》するために、ＩｏＴ《アイオーティー》テロを……」

日下部《くさかべ》は「ああ」と力《ちから》なく答《こた》えた。

「だが、とっさのことで、被害《ひがい》の規模《きぼ》は予想《よそう》を超《こ》えていた」

「もうこれ以上罪《いじょうつみ》を重《かさ》ねちゃダメだ。不正《ふせい》アクセスして変更《へんこう》したコードを教《おし》えて！」

「公安検察《こうあんけんさつ》は正義《せいぎ》を守《まも》るプロだ。羽場《はば》のような正義《せいぎ》が失《うしな》われちゃいけない！」

日下部《くさかべ》が立《た》ち上《あ》がって訴《うった》えると、安室《あむろ》は背後《はいご》から日下部《くさかべ》の肩《かた》に手《て》を置《お》いた。

「コードを言《い》うんだ」

「私《わたし》を逮捕《たいほ》すればいい！　取《と》り調《しら》べでは一切《いっさい》を黙秘《もくひ》する」

「日下部検事《くさかべけんじ》」

安室《あむろ》の手《て》を跳《は》ねのける日下部《くさかべ》に、コナンは取《と》り出《だ》した新一《しんいち》のスマホ画面《がめん》を見《み》せた。

画面《がめん》には、上空《じょうくう》から撮《と》られた屋上《おくじょう》ヘリポートが映《うつ》っていた。Ｈ《エイチ》マークの辺《あた》りに誰《だれ》かが立《た》っていて、その人影《ひとかげ》がどんどんクローズアップされていく。

『日下部《くさかべ》さん』

大《おお》きくハッキリと映《うつ》ったその人影《ひとかげ》が、こちらに向《む》かって呼《よ》びかけた。

「バ……バカなっ!?」

日下部《くさかべ》は目《め》を疑《うたが》った。屋上《おくじょう》へリポートに立《た》っているのが――自殺《じさつ》したはずの羽場《はば》だったからだ。

「なんで羽場《はば》が……!!」

「警視庁《けいしちょう》のライブ映像《えいぞう》だよ」

スマホを見《み》せたコナンはニヤリと微笑《ほほえ》んだ。

「ど……どういうことだ」

ワケがわからない日下部《くさかべ》は思《おも》わず後《あと》ずさりして、安室《あむろ》を見《み》た。

「拘置所《こうちしょ》で彼《かれ》を取《と》り調《しら》べた公安警察《こうあんけいさつ》は、彼《かれ》を自殺《じさつ》したことにして、これまでの人生《じんせい》を放棄《ほうき》させたんだ。公安検事《こうあんけんじ》が『協力者《きょうりょくしゃ》』を使《つか》っていたという事実《じじつ》を隠蔽《いんぺい》するために。そして、公安検事《こうあんけんじ》が二度《にど》と『協力者《きょうりょくしゃ》』など作《つく》らぬよう、そのことはあなたにも伏《ふ》せられた」

愕然《がくぜん》とする日下部《くさかべ》に、安室《あむろ》は続《つづ》けて言《い》った。

「自《みず》からした違法作業《いほうさぎょう》は、自《みず》らカタをつける。あなたにはその力《ちから》がない。公安警察《こうあんけいさつ》がそう判断《はんだん》したんだ」

日下部《くさかべ》はうつむき、悔《くや》しそうに体《からだ》を震《ふる》わせた。スマホを向《む》けたコナンがゆっくりと近《ちか》づく。

「羽場《はば》さんは、自分《じぶん》こそが裁判官《さいばんかん》になるべきだと思《おも》い込《こ》むほど、強《つよ》い正義感《せいぎかん》を持《も》ってたんだよね？　だからこそ司法修習生《しほうしゅうしゅうせい》を罷免《ひめん》され、行《い》くあてのない彼《かれ》を『協力者《きょうりょくしゃ》』にした」

『そうです』

スマホの画面《がめん》に映《うつ》っている羽場《はば》が顔《かお》を上《あ》げた。

『日下部《くさかべ》さんが私《わたし》を人生《じんせい》のどん底《ぞこ》から救《すく》い上《あ》げてくれた。たった二年間《にねんかん》の関係《かんけい》でしたが、日下部《くさかべ》さんはお前《まえ》のおかげで公安検事《こうあんけんじ》として戦《たたか》えると言《い》ってくれた。だから私《わたし》は今《いま》も、こうして戦《たたか》えるんです』

気《き》づいたら日下部《くさかべ》は涙《なみだ》を流《なが》していた。とめどなく涙《なみだ》があふれてくる。思《おも》えば、司法研習所《しほうけんしゅうじょ》の終了式《しゅうりょうしき》でわめきながら排除《はいじょ》されていく羽場《はば》を見《み》たのが始《はじ》まりだった。強《つよ》すぎるほどの正義感《せいぎかん》を持《も》つ彼《かれ》が、どことなく自分《じぶん》に重《かさ》なって見《み》えて、放《ほう》っておけなかったのだ。

『日下部《くさかべ》さん。変更《へんこう》したコードを教《おし》えてください』

コナンが持《も》つスマホから羽場《はば》の声《こえ》がして、日下部《くさかべ》はハッと顔《かお》を上《あ》げた。

「早《はや》く！　コードを！」

コナンに責《せ》められた日下部《くさかべ》は、クッと唇《くちびる》を噛《か》んだ。

「しかし、公安警察《こうあんけいさつ》の力《ちから》が強《つよ》いままでは……」

『日下部《くさかべ》さん！』

羽場《はば》が呼《よ》びかけると、安室《あむろ》は警視庁《けいしちょう》を親指《おやゆび》で指《さ》した。

「あそこに落《お》ちれば、羽場《はば》も無傷《むきず》じゃいられない！」

その言葉《ことば》に、日下部《くさかべ》はハッとした。

生《い》きていた羽場《はば》を警視庁《けいしちょう》の屋上《おくじょう》ヘリポートへ連《つ》れ出《だ》したのは、コードを聞《き》き出《だ》すためだったのか――。

「……汚《きたな》いぞ。これが公安警察《こうあんけいさつ》のやり方《かた》か!!」

その頃《ころ》。緊急災害対策本部《きんきゅうさいがいたいさくほんぶ》は緊迫《きんぱく》した局面《きょくめん》を迎《むか》えていた。

大型《おおがた》スクリーンには防災《ぼうさい》マップやＮＡＺＵ《ナズ》のデータ画面《がめん》、そして〈はくちょう〉の映像《えいぞう》が映《うつ》し出《だ》され、各大臣《かくだいじん》や担当政務官《たんとうせいむかん》が焦燥《しょうそう》した表情《ひょうじょう》で見《み》つめている。

「まもなく〈はくちょう〉大気圏突入《たいきけんとつにゅう》！」

担当参事官《たんとうさんじかん》が告《つ》げると、官房長官《かんぼうちょうかん》は「コードはまだなのか⁉」と声《こえ》を荒《あら》げた。

「このままだと探査機《たんさき》へのアクセスができなくなります！」

担当参事官《たんとうさんじかん》の言葉《ことば》に、一同《いちどう》が一斉《いっせい》にざわついた。


『降谷《ふるや》さん、もう時間《じかん》が……！』

耳《みみ》に差《さ》し込《こ》んだワイヤレスイヤホンから風見《かざみ》の緊迫《きんぱく》した声《こえ》が聞《き》こえてきて、安室《あむろ》はチッと舌打《したう》ちをした。

「早《はや》くコードを言《い》うんだ！」

「日下部検事《くさかべけんじ》！　早《はや》く‼」

安室《あむろ》とコナンに急《せ》き立《た》てられた日下部《くさかべ》は、グッと言葉《ことば》を詰《つ》まらせた。「しかし……」

日下部《くさかべ》の心《こころ》の中《なか》では激《はげ》しい葛藤《かっとう》が湧《わ》き起《お》こっていた。

コードを教《おし》えれば、公安警察《こうあんけいさつ》を失墜《しっつい》させる計画《けいかく》が全《すべ》て無駄《むだ》になる。しかし、探査機《たんさき》が警《けい》視庁《しちょう》に落《お》ちたら、羽場《はば》の命《いのち》が――。

NAZU《ナズ》・HAKUCHO《ハクチョウ》管制《かんせい》センターのコントロールルームでは、アラート音《おん》が鳴《な》り響《ひび》いていた。

〈はくちょう〉の軌道《きどう》と現在位置《げんざいいち》が示《しめ》されているメインモニターには、さまざまなシステムが表示《ひょうじ》されて、どれも赤《あか》く明滅《めいめつ》している。

ずらりと並《なら》んだコンソールに向《む》き合《あ》ったフライトディレクターや担当管制官《たんとうかんせいかん》たちはせわしなく動《うご》き、中《なか》には絶望《ぜつぼう》するあまり頭《あたま》を抱《かか》えている者《もの》もいた。


『日下部《くさかべ》さん』

コナンが持《も》っているスマホから羽場《はば》の声《こえ》がして、涙《なみだ》を浮《う》かべた日下部《くさかべ》は顔《かお》を上《あ》げた。

『それが私《わたし》の信《しん》じた、あなたの正義《せいぎ》なんですか？』

「……!!」

その言葉《ことば》は、日下部《くさかべ》の胸《むね》に深《ふか》く突《つ》き刺《さ》さった。

日下部《くさかべ》も心《こころ》のどこかで気《き》づいていた。しかし気《き》づかぬふりをしていた。犠牲者《ぎせいしゃ》を出《だ》してでも己《おのれ》の信念《しんねん》を貫《つらぬ》くのが、本当《ほんとう》の正義《せいぎ》ではないということを——。

日下部《くさかべ》は泣《な》きながら重《おも》い口《くち》を開《ひら》いた。

「……NAZU《ナズ》に不正《ふせい》アクセスして、変更《へんこう》したコードは——」

〈HABA_231〉

警視庁《けいしちょう》の廊下《ろうか》にいた風見《かざみ》は、安室《あむろ》から電話《でんわ》を受《う》けて、コードを叫《さけ》んだ。

変更《へんこう》されたコードは即座《そくざ》に日本《にほん》からNAZU《ナズ》・HAKUCHO《ハクチョウ》管制《かんせい》センターに伝《つた》えられ、コントロールルームの担当管制官《たんとうかんせいかん》がキーボードで打《う》ち込《こ》んだ。そしてすばやくエンターキーを押《お》す。

すると、コンソール画面《がめん》の中央《ちゅうおう》に出《で》ていた『ERROR《エラー》』が『SUCCESS《サクセス》』に変《か》わった。

メインモニターに表示《ひょうじ》されていたシステムが赤《あか》から緑《みどり》に変《か》わっていき、職員《しょくいん》たちから歓《かん》声《せい》が沸《わ》き上《あ》がった。

大気圏《たいきけん》に突入《とつにゅう》する直前《ちょくぜん》。

〈はくちょう〉は逆噴射《ぎゃくふんしゃ》して速度《そくど》を落《お》とすと、カプセルを切《き》り離《はな》した――。


「コードの認証《にんしょう》に成功《せいこう》、探査機《たんさき》の軌道《きどう》を修正《しゅうせい》したそうだ」

安室《あむろ》は風見《かざみ》からの電話《でんわ》を受《う》けながら、コナンたちに伝《つた》えた。

コナンと日下部《くさかべ》がホッと安堵《あんど》するも束《つか》の間《ま》、

「何《なに》!?　ブラックアウト!?」

耳《みみ》に差《さ》し込《こ》んだイヤホンを押《お》さえた安室《あむろ》が叫《さけ》んだ。


『ブラックアウト』は、大気圏突入直後《たいきけんとつにゅうちょくご》の五分《ごふん》ほどの短《みじか》い時間《じかん》のことだった。

「その間《あいだ》はプラズマが発生《はっせい》するため通信状態《つうしんじょうたい》が保《たも》てず、確実《かくじつ》に軌道《きどう》が修正《しゅうせい》できてるかどうかわからないそうだ。しかも、パラシュートが開《ひら》かない可能性《かのうせい》がある……」

電話《でんわ》を切《き》った安室《あむろ》は、風見《かざみ》からの報告《ほうこく》をそのままコナンと日下部《くさかべ》に伝《つた》えた。

「そんな……」愕然《がくぜん》とするコナンのそばで、日下部《くさかべ》が突然立《とつぜんた》ち上《あ》がった。

「羽場《はば》を……羽場《はば》を早《はや》くあそこから避難《ひなん》させてくれ！」

ダッシュした日下部《くさかべ》は安室《あむろ》を突《つ》き飛《と》ばし、警視庁《けいしちょう》へと向《む》かう。

「日下部検事《くさかべけんじ》！」

コナンと安室《あむろ》はすぐに追《お》いかけた。


避難者《ひなんしゃ》を乗《の》せた大型人員輸送車《おおがたじんいんゆそうしゃ》は〈エッジ・オブ・オーシャン〉に到着《とうちゃく》し、カジノタワー前《まえ》に続々《ぞくぞく》と停《と》まった。

「新一君《しんいちくん》から連絡来《れんらくき》た？」

輸送車《ゆそうしゃ》から降《お》りた園子《そのこ》がたずねると、蘭《らん》は手《て》に持《も》った携帯電話《けいたいでんわ》を見《み》て顔《かお》をしかめた。

「ううん、まだ。留守電《るすでん》は入《い》れたんだけど……」

「もぉ～何《なに》やってんのよ、アイツは！」

「コナン君《くん》も電源切《でんげんき》れてるみたいで……」

蘭《らん》が心配《しんぱい》そうに言《い》うと、園子《そのこ》は手《て》を上下《じょうげ》に振《ふ》った。

「あのガキんちょのことだから大丈夫《だいじょうぶ》よ、きっと」

二人《ふたり》に続《つづ》いて英理《えり》と小五郎《こごろう》が輸送車《ゆそうしゃ》から降《お》りてきて、目《め》の前《まえ》にそびえ建《た》つカジノタワーを見上《みあ》げた。

「それにしてもすごい高《たか》さね」

「さ、早《はや》く行《い》くぞ。こっちだ！」

小五郎《こごろう》は他《ほか》の避難者《ひなんしゃ》に続《つづ》いてカジノタワーへ向《む》かった。


「羽場《はば》！　どこだ⁉」

警視庁《けいしちょう》の屋上《おくじょう》へリポートに駆《か》け上《あ》がった日下部《くさかべ》は、周囲《しゅうい》を見回《みまわ》した。しかし、羽場《はば》の姿《すがた》はどこにも見当《みあ》たらない。

「……どういうことだ⁉」

肩《かた》で息《いき》をしながら立《た》ち止《ど》まると、背後《はいご》から足音《あしおと》が聞《き》こえた。コナンと安室《あむろ》が追《お》いかけてきたのだ。

「彼《かれ》はここにはいない」

安室《あむろ》の言葉《ことば》に、日下部《くさかべ》は耳《みみ》を疑《うたが》った。

「だ……だが、携帯《けいたい》では確《たし》かに——」

「あなたが見《み》ていたのは、合成映像《ごうせいえいぞう》だ」

「なっ……!?」日下部《くさかべ》は目《め》を丸《まる》くした。

「ドローンで撮影《さつえい》した映像《えいぞう》を使《つか》って、あたかも警視庁《けいしちょう》のヘリポートにいるように合成《ごうせい》したんだ。彼《かれ》は今《いま》、安全《あんぜん》な場所《ばしょ》にいる」

羽場《はば》は阿笠博士《あがさはかせ》の家《いえ》にいた。子供《こども》たちがドローンを警視庁《けいしちょう》の上空《じょうくう》へ飛《と》ばし、阿笠博士《あがさはかせ》はリビングに設置《せっち》したブルーバックの上《うえ》に羽場《はば》を立《た》たせて撮影《さつえい》した。その二《ふた》つの映像《えいぞう》を灰原《はいばら》がパソコンで合成《ごうせい》したのだ。

「……そうか」

日下部《くさかべ》はホッと息《いき》をついた。羽場《はば》がここにいないと知《し》って安心《あんしん》したようだが、問題《もんだい》はまだ解決《かいけつ》していない。

コナンは「安室《あむろ》さん」と声《こえ》をかけた。

「軌道修正《きどうしゅうせい》できてないとしたら、落下位置《らっかいち》はやっぱり……」

「ああ。四《よん》メートルを超《こ》えるカプセルが、秒速《びょうそく》十キロ以上《いじょう》のスピードで、ここに落《お》ちてくる」

安室《あむろ》は巨大《きょだい》なカプセルが警視庁《けいしちょう》に直撃《ちょくげき》するのを想像《そうぞう》して、眉根《まゆね》を寄《よ》せた。いくら周囲《しゅうい》が避難《ひなん》しているとはいえ、その被害《ひがい》は計《はか》り知《し》れない。

「安室《あむろ》さんなら、今《いま》すぐ爆薬《ばくやく》を手《て》に入《い》れられる？」

「耐熱《たいねつ》カプセルを破壊《はかい》するつもりか……」

コナンは「いや」と首《くび》を横《よこ》に振《ふ》った。

「太平洋《たいへいよう》まで軌道《きどう》を変《か》えられる爆薬《ばくやく》だよ」

「!!」

安室《あむろ》は驚《おどろ》いてコナンを見《み》た。「なんてこと考《かんが》えるんだ」

「他《ほか》に方法《ほうほう》ある？」

コナンに返《かえ》された安室《あむろ》は、すぐにズボンのポケットからスマホを取《と》り出《だ》して電話《でんわ》をかけた。

「風見《かざみ》。至急動《しきゅううご》いてくれ。……ああ、公安《こうあん》お得意《とくい》の違法作業《いほうさぎょう》だ」

超高速《ちょうこうそく》で大気圏《たいきけん》に突入《とつにゅう》した〈はくちょう〉本体《ほんたい》と分離《ぶんり》したカプセルは、猛烈《もうれつ》な高温《こうおん》にさらされて光《ひか》り輝《かがや》いていた。

8

人気《ひとけ》のない警視庁《けいしちょう》の入《い》り口付近《ぐちふきん》で、風見《かざみ》は二人《ふたり》の部下《ぶか》とプラスチック爆弾《ばくだん》を取《と》り囲《かこ》んだ。

「公安鑑識《こうあんかんしき》が押収《おうしゅう》した爆発物《ばくはつぶつ》の中《なか》で、最《もっと》も威力《いりょく》の大《おお》きい物《もの》です」

部下《ぶか》が説明《せつめい》すると、風見《かざみ》は電話《でんわ》をかけながらたずねた。

「足《あし》はつかないのか？」

もう一人《ひとり》の部下《ぶか》が、起爆装置用《きばくそうちよう》の携帯電話《けいたいでんわ》をプラスチック爆弾《ばくだん》に取《と》り付《つ》けた。

「廃棄期限《はいききげん》が迫《せま》っているため、記録《きろく》さえ書《か》きかえれば大丈夫《だいじょうぶ》です」

「よし」

小《ちい》さくうなずいた風見《かざみ》は、スマホに向《む》かって「お願《ねが》いします」と言《い》った。すると、目《め》の前《まえ》に置《お》かれていたドローンのプロペラが回《まわ》り出《だ》して上昇《じょうしょう》した。プラスチック爆弾《ばくだん》の上《うえ》に移《い》動《どう》して、開《ひら》いた二本《にほん》のロボットアームでプラスチック爆弾《ばくだん》をつかむ。

部下《ぶか》たちは、おおっと感嘆《かんたん》の声《こえ》を上《あ》げた。

プラスチック爆弾《ばくだん》をつかんだドローンは、少《すこ》しふらつきながらも上昇《じょうしょう》していく。

「問題《もんだい》ありません。そちらのアドレスにカプセルの予想軌道《よそうきどう》データを送《おく》ります！」

風見《かざみ》からの電話《でんわ》を受《う》けていた阿笠博士《あがさはかせ》は、キッチンスペースでパソコンに向《む》かっている灰原《はいばら》を振《ふ》り返《かえ》った。パソコンにカプセルの予想軌道《よそうきどう》データが無事送《ぶじおく》られてきて、灰原《はいばら》はO《オー》K《ケー》と親指《おやゆび》を立《た》てた。

「よーし、みんな発進《はっしん》じゃ！」

「よっしゃー！」「わかりました！」「はーい！」

リビングのソファで待機《たいき》していた子供《こども》たちは元気《げんき》よく返事《へんじ》をすると、それぞれのコントローラを握《にぎ》った。

「どこで爆発《ばくはつ》させればいいか計算《けいさん》しろって言《い》われてもね……」

灰原《はいばら》は送《おく》られてきた予想軌道《よそうきどう》データを基《もと》に、爆発地点《ばくはつちてん》を設定《せってい》してシミュレーションしてみた。しかし思《おも》うように軌道《きどう》は変《か》わらず、カプセルは太平洋《たいへいよう》に到達《とうたつ》しない。

「……ったく。人使《ひとづか》い荒《あら》いんだから」

苛立《いらだ》った灰原《はいばら》はグシャグシャと髪《かみ》をかき回《まわ》すと、再《ふたた》びキーボードを打《う》ち出《だ》した。

その様子《ようす》を見《み》ていた阿笠博士《あがさはかせ》は、子供《こども》たちの方《ほう》を振《ふ》り返《かえ》った。子供《こども》たちは何《なに》も知《し》らず楽《たの》しそうにドローンの操縦《そうじゅう》をしている。

(光彦君《みつひこくん》、歩美君《あゆみくん》、元太君《げんたくん》、そして哀君《あいくん》。君《きみ》たちがこの国《くに》を守《まも》るんじゃ……!!)

阿笠博士《あがさはかせ》は真剣《しんけん》な表情《ひょうじょう》で子供《こども》たちを見守《みまも》った。

プラスチック爆弾《ばくだん》を抱《かか》えたドローンはぐんぐん上昇《じょうしょう》し、コナンたちがいる警視庁《けいしちょう》の屋上《おくじょう》へリポートの上空《じょうくう》を飛《と》んでいった。

コナンが持《も》っていた探偵《たんてい》バッジから子供《こども》たちの声《こえ》が聞《き》こえてくる。

『あれ？　機体《きたい》がフラつきますね』

『博士《はかせ》の荷物《にもつ》が重《おも》いんじゃない？』

『もー、そのへんに置《お》いていこうぜ』

(おいおい)とコナンが心《こころ》の中《なか》で突《つ》っ込《こ》むと、

『い、いかーん！　その荷物《にもつ》はワシの大事《だいじ》な大事《だいじ》な宝物《たからもの》なんじゃ〜!!』

慌《あわ》てふためく阿笠博士《あがさはかせ》の声《こえ》がした。

『誤差《ごさ》の範囲《はんい》は半径十《はんけいじゅう》メートルくらいまで絞《しぼ》り込《こ》んだわ。ドローンからの映像《えいぞう》をあなたに送《おく》るから、タイミング調整《ちょうせい》はそっちでよろしく』

「ああ、頼《たの》む」

コナンが探偵《たんてい》バッジの向《む》こうの灰原《はいばら》に言《い》うと、

『でもホントにいいの？』歩美《あゆみ》の声《こえ》が聞《き》こえてきた。

『あたしたちが〈はくちょう〉のカプセルを近《ちか》くで撮影《さつえい》しちゃって』

子供《こども》たちには真《しん》の目的《もくてき》を告《つ》げていなかった。ドローンが持《も》っているのは博士《はかせ》の荷物《にもつ》で、カプセルを撮影《さつえい》するためにドローンを飛《と》ばしたと思《おも》っているのだ。

「大丈夫《だいじょうぶ》。警察《けいさつ》から許可《きょか》は出《で》てる」

コナンはそう答《こた》えると、横《よこ》に立《た》つ安室《あむろ》をチラリと見《み》た。

「公安警察《こうあんけいさつ》だけどな……」

そのとき——夜空《よぞら》に突如光《とつじょひかり》の点《てん》が出現《しゅつげん》した。

それは、大気圏《たいきけん》に突入《とつにゅう》した〈はくちょう〉の本体《ほんたい》だった。猛烈《もうれつ》な高温《こうおん》にさらされた機体《きたい》はひときわ大《おお》きな流《なが》れ星《ぼし》のごとく輝《かがや》いていた。満月《まんげつ》を超《こ》える明《あか》るさで周囲《しゅうい》の雲《くも》を照《て》らしたかと思《おも》うと、光《ひかり》の束《たば》が分《わ》かれて光《ひかり》の粒《つぶ》となり——やがて消滅《しょうめつ》した。本体《ほんたい》の部品《ぶひん》が溶《と》けてバラバラになり、燃《も》え尽《つ》きたのだ。

すると、光《ひかり》の束《たば》が消《き》えた虚空《こくう》のすぐ下《した》に、別《べつ》の光跡《こうせき》が横切《よこぎ》っていくのが見《み》えた。それは本体《ほんたい》から分離《ぶんり》され、高温《こうおん》のプラズマに包《つつ》まれたカプセルだった。

危機管理《ききかんり》センター内《ない》・緊急災害対策本部《きんきゅうさいがいたいさくほんぶ》。

「何《なに》⁉　パラシュートが出《で》ない⁉」

担当参事官《たんとうさんじかん》から報告《ほうこく》を受《う》けて、官房長官《かんぼうちょうかん》は声《こえ》を荒《あら》らげた。

「ヒートシールドにロックがかかっているようです」

官房長官《かんぼうちょうかん》はスクリーンの対面《たいめん》に座《すわ》る総理大臣《そうりだいじん》を見《み》た。

「総理《そうり》。破壊措置命令《はかいそちめいれい》を！」

「待《ま》ってください！」

防衛大臣《ぼうえいだいじん》が立《た》ち上《あ》がった。

「この高度《こうど》で迎撃《げいげき》すれば、より被害《ひがい》が出《で》る可能性《かのうせい》が……」

大臣《だいじん》たちの後《うし》ろに座《すわ》っていた黒田《くろだ》はポケットからスマホを取《と》り出《だ》すと、会議室《かいぎしつ》を出《で》ていった。

誰《だれ》もいない喫煙《きつえん》スペースで、黒田《くろだ》は電話《でんわ》をしていた。

「……高度三万《こうどさんまん》メートルを通過《つうか》した。ああ……わかった」

小《ちい》さくうなずいた黒田《くろだ》が、眉《まゆ》を寄《よ》せて険《けわ》しい表情《ひょうじょう》を浮《う》かべる。

「ぬかるなよ……」


「了解《りょうかい》！」

警視庁《けいしちょう》の屋上《おくじょう》ヘリポートでスマホを切《き》った安室《あむろ》は、フゥ……と息《いき》をついた。

「安室《あむろ》さん。これでタイミングとれる？」

コナンはドローンのカメラ映像《えいぞう》を表示《ひょうじ》したスマホを渡《わた》した。

「ああ」

受《う》け取《と》った安室《あむろ》がコナンを見《み》て目《め》を細《ほそ》めると、コナンは前《まえ》を向《む》いたままうなずいた。

『カプセルに近《ちか》づきます！』

コナンが手《て》にした探偵《たんてい》バッジから光彦《みつひこ》の声《こえ》が聞《き》こえてきて、

(頼《たの》んだぜ、オメーら)

心《こころ》の中《なか》でつぶやいたコナンは、夜空《よぞら》を見上《みあ》げた。

プラスチック爆弾《ばくだん》を抱《かか》えたドローンは都内上空《とないじょうくう》を上昇《じょうしょう》して、落下《らっか》するカプセルに近《ちか》づいていった。

「このままじゃぶつかっちゃいますよ！」

『方向《ほうこう》』のコントローラを操作《そうさ》していた光彦《みつひこ》は、不安《ふあん》そうに阿笠博士《あがさはかせ》を見《み》た。

「だ、大丈夫《だいじょうぶ》じゃ！　あのドローンは近《ちか》づく物体《ぶったい》を察知《さっち》すると、勝手《かって》によけるシステムを搭載《とうさい》しておる！」

阿笠博士《あがさはかせ》が慌《あわ》てて取《と》り繕《つくろ》うと、パソコンに向《む》き合《あ》っていた灰原《はいばら》が「みんな！」とソファに座《すわ》る子供《こども》たちを振《ふ》り返《かえ》った。

「近《ちか》づかないとカプセル飛《と》んでるとこ見《み》られないわよ！」

子供《こども》たちは、げっと顔《かお》をしかめた。

「えー、見《み》たい！」「光彦《みつひこ》行《い》けー！」

「わかりましたよ」光彦《みつひこ》はコントローラを握《にぎ》り直《なお》した。

灰原《はいばら》もパソコンに向《む》き直《なお》り、画面《がめん》に表示《ひょうじ》されているカプセルの信号《しんごう》を目《め》で追《お》った。かなりの速度《そくど》で爆発地点《ばくはつちてん》に向《む》かっている——。
(工藤君《くどうくん》、無茶《むちゃ》しないでよ……)

光彦《みつひこ》のコントローラの液晶《えきしょう》モニターには、正方形《せいほうけい》のカーソルが二《ふた》つ表示《ひょうじ》されていた。二《ふた》つのカーソルを合《あ》わせようと、光彦《みつひこ》はスティックを上下左右《じょうげさゆう》に小刻《こきざ》みに動《うご》かした。カーソルが一致《いっち》すると形《かたち》と色《いろ》が変《か》わるのだが、すぐにずれてしまう。

警視庁《けいしちょう》の屋上《おくじょう》ヘリポートでは、安室《あむろ》が両手《りょうて》で二台《にだい》のスマホを持《も》っていた。左手《ひだりて》に持《も》つ新一《しんいち》のスマホは、光彦《みつひこ》のコントローラと同《おな》じ画面《がめん》になっていて、右端《みぎはし》にゲージが表示《ひょうじ》されていた。ゲージの両端《りょうたん》にある二《ふた》つの点《てん》が徐々《じょじょ》に中央《ちゅうおう》へ近《ちか》づいていく。安室《あむろ》は右手《みぎて》に持《も》つスマホに番号《ばんごう》を打《う》ち込《こ》んだ。そして電話《でんわ》ボタンに親指《おやゆび》を近《ちか》づける。

ピピピピ……。
新一《しんいち》のスマホと光彦《みつひこ》のコントローラから、アラームが鳴《な》り響《ひび》いた。

「来《き》ます！」

二《ふた》つのカーソルを合《あ》わせながら光彦《みつひこ》が叫《さけ》ぶと、その横《よこ》で『カメラ』のコントローラを持《も》つ歩美《あゆみ》がわくわくした顔《かお》を液晶《えきしょう》モニターに近《ちか》づけた。

ゲージの二《ふた》つの点《てん》が中央《ちゅうおう》にどんどん近《ちか》づいていく――。

「行《い》けー――!!」

元太《げんた》が叫《さけ》ぶと同時《どうじ》に、二《ふた》つのカーソルがピッタリと重《かさ》なった。

安室《あむろ》はすばやくスマホの通話《つうわ》ボタンをタップした。

ドローンが抱《かか》えているプラスチック爆弾《ばくだん》に取《と》り付《つ》けられた携帯電話《けいたいでんわ》が鳴《な》った。呼《よ》び出《だ》し音《おん》を鳴《な》らす装置《そうち》に電流《でんりゅう》が走《はし》り、爆弾《ばくだん》の回路《かいろ》が作動《さどう》する――。

ドオオォオン!!

高速飛行《こうそくひこう》するドローンが、落下《らっか》する火《ひ》の玉《たま》を待《ま》ち受《う》けるようにして激突《げきとつ》し、爆発《ばくはつ》した。

猛烈《もうれつ》な爆風《ばくふう》でカプセルのヒートシールドが外《はず》れてパラシュートが開《ひら》いたかと思《おも》うと、爆《ばく》発《はっ》の衝撃波《しょうげきは》にのまれて飛《と》ばされていった――。

危機管理《ききかんり》センター内《ない》の緊急災害対策本部《きんきゅうさいがいたいさくほんぶ》では、総理《そうり》や各大臣《かくだいじん》たちが大型《おおがた》スクリーンでカプセルの映像《えいぞう》を見《み》ていた。

突然《とつぜん》の爆発《ばくはつ》に誰《だれ》もが驚《おどろ》いていると、白煙《はくえん》の中《なか》からパラシュートを出《だ》したカプセルが飛《と》び出《だ》した。

「パラシュート……開《ひら》きました……」

一同《いちどう》が唖然《あぜん》とスクリーンを見《み》つめる中《なか》、担当参事官《たんとうさんじかん》がつぶやいた。


「あれ？」

「何《なに》も映《うつ》らなくなっちゃったー」

子供《こども》たちが持《も》っていたコントローラの液晶《えきしょう》モニターが突然《とつぜん》真《ま》っ暗《くら》になり、『NO《ノー》 SIGNAL《シグナル》』の文字《もじ》が表示《ひょうじ》された。

「まさかぶつかったんじゃね？」

「勝手《かって》によけるシステムなんですよね？」

光彦《みつひこ》に訊《き》かれた阿笠博士《あがさはかせ》は、ギクリとした。

「え、ああ……たぶん、バッテリー切《ぎ》れじゃろ」

となんとかごまかす。

(っていうか、そんなシステムついとらんし……)

パソコンに向《む》き合《あ》っていた灰原《はいばら》は、フウ……と息《いき》をついた。

「……どうやらうまくいったようね」

とつぶやく灰原《はいばら》に、羽場《はば》が目《め》を丸《まる》くして近《ちか》づいてきた。

「驚《おどろ》いたな。君《きみ》たちは一体《いったい》……」

「小《ちい》さな探偵《たんてい》さんの『協力者《きょうりょくしゃ》』ってところかしら」

頬杖《ほおづえ》をついた灰原《はいばら》はニコリとして、羽場《はば》を見《み》た。


「ああ、了解《りょうかい》」

耳《みみ》に差《さ》し込《こ》んだワイヤレスイヤホンを押《お》さえていた安室《あむろ》は「成功《せいこう》したよ」とコナンにスマホを返《かえ》した。

「よかった」

コナンがホッとしていると、日下部《くさかべ》を連《つ》れた公安刑事《こうあんけいじ》たちが来《き》た。

「降谷《ふるや》さん。逮捕《たいほ》、連行《れんこう》します」

「ああ」

うなずく安室《あむろ》の横《よこ》で、コナンは「待《ま》って」と止《と》めた。持《も》っていたスマホを操作《そうさ》して、画面《がめん》を日下部《くさかべ》に向《む》ける。そこには羽場《はば》が映《うつ》っていた。

『日下部《くさかべ》さん……私《わたし》たちは、今《いま》でも一心同体《いっしんどうたい》です』

「……ああ」

日下部《くさかべ》は切《せつ》なげに微笑《ほほえ》んだ。

「さ、行《い》くぞ」公安刑事《こうあんけいじ》が促《うなが》し、日下部《くさかべ》が歩《ある》き出《だ》すと、

「二三一《ふみかず》！」

境子《きょうこ》が小走《こばし》りに駆《か》けてきた。その後《うし》ろには風見《かざみ》がいる。

「まさか……生《い》きていたなんて……」

コナンの前《まえ》で立《た》ち止《ど》まった境子《きょうこ》は、スマホの画面《がめん》に映《うつ》る羽場《はば》をまじまじと見《み》つめた。

風見《かざみ》も驚《おどろ》いて、安室《あむろ》を見《み》る。

「本当《ほんとう》に、恐《おそ》ろしい人《ひと》ですね……」

しばし呆然《ぼうぜん》と羽場《はば》を見《み》つめていた境子《きょうこ》は、ふいに険《けわ》しい顔《かお》をした。

「あなたも『協力者《きょうりょくしゃ》』だったなんて……それも、公安検事《こうあんけんじ》の！」

と、公安刑事《こうあんけいじ》に連行《れんこう》されていく日下部《くさかべ》をにらみつける。

「境子先生《きょうこせんせい》」コナンが呼《よ》びかけた。

「あなたも『協力者《きょうりょくしゃ》』だったんですね？　それも風見刑事《かざみけいじ》の」

コナンは風見《かざみ》をチラリと見《み》た。風見《かざみ》は何《なに》も言《い》わなかった。

「……ボウヤ、聞《き》いたわね？　なぜ二三一《ふみかず》を雇《やと》ったのかって」

境子《きょうこ》は視線《しせん》を上《あ》げて宙《ちゅう》を見《み》つめた。

「司法修習生《しほうしゅうしゅうせい》を罷免《ひめん》された彼《かれ》に、公安警察《こうあんけいさつ》は要注意人物《ようちゅういじんぶつ》として目《め》をつけた。それで私《わたし》に彼《かれ》を雇《やと》い、行動《こうどう》を報告《ほうこく》するように命《めい》じた。……でも。二三一《ふみかず》と働《はたら》くうちに、彼《かれ》に惹《ひ》かれるようになって……」

『私《わたし》も同《おな》じだった』

スマホの画面《がめん》から羽場《はば》が言《い》った。

『だからこそ、こんなことになって本当《ほんとう》にすまないと思《おも》う』

境子《きょうこ》はスマホの画面《がめん》の羽場《はば》を悲《かな》しげに見《み》つめた。

「私《わたし》と同《おな》じ『協力者《きょうりょくしゃ》』だったなんて……」

だから羽場《はば》に惹《ひ》かれたのだろうか――境子《きょうこ》はふと気《き》づいた。もしかしたら、羽場《はば》への感《かん》情《じょう》も公安《こうあん》に操《あやつ》られたせいなのかもしれない――。

「全《すべ》ての始《はじ》まりは、『NAZU《ナズ》不正《ふせい》アクセス事件《じけん》』だよね？」

コナンに訊《き》かれて、境子《きょうこ》は「ええ」とうなずいた。

「公安《こうあん》から容疑者《ようぎしゃ》を有罪《ゆうざい》にするよう言《い》われて、調査《ちょうさ》を進《すす》めていたわ。そんなとき、その容《よう》疑者《ぎしゃ》が出入《でい》りするゲーム会社《がいしゃ》で、彼《かれ》が捕《つか》まった。彼《かれ》がなぜそんなことをしたのか、わからなかった」

コナンたちに背《せ》を向《む》けて歩《ある》き出《だ》した境子《きょうこ》は、ふと足《あし》を止《と》めた。

「彼《かれ》を助《たす》けるよう公安警察《こうあんけいさつ》に必死《ひっし》に頼《たの》んだ。でも……彼《かれ》は自殺《じさつ》した」

背《せ》を向《む》けて立《た》つ境子《きょうこ》の肩《かた》が微《かす》かに震《ふる》えていた。

「公安警察《こうあんけいさつ》をうらんだわ。事務所《じむしょ》をたたみ、『協力者《きょうりょくしゃ》』として復讐《ふくしゅう》の機会《きかい》を狙《ねら》ってたの」

「そんなときに、小五郎《こごろう》おじさんを無罪《むざい》にするように弁護《べんご》を命《めい》じられたんだね？」

「ええ。なぜ公安警察《こうあんけいさつ》が彼《かれ》を無罪《むざい》にしたいのかわからなかったけど、それなら有罪《ゆうざい》にしてやろうと思《おも》った」

「無関係《むかんけい》な人《ひと》たちを巻《ま》き込《こ》んで!?」

「仕方《しかた》なかったのよ！」境子《きょうこ》は勢《いきお》いよく振《ふ》り返《かえ》った。

「それがまさか、公安警察《こうあんけいさつ》の保護《ほご》で生《い》きていたなんて……知《し》っていたらこんなことには
……」

がくりと肩《かた》を落《お》とす境子《きょうこ》の先《さき》にある電波塔《でんぱとう》から、月《つき》がゆっくりと顔《かお》を出《だ》した。

「……二三一《ふみかず》は今《いま》、あなたたちの『協力者《きょうりょくしゃ》』なんでしょ？　彼《かれ》は何番《なんばん》なの？」

「何番《なんばん》？」

コナンが訊《き》き返《かえ》す。

「公安《こうあん》は、裏《うら》では私《わたし》たちを番号《ばんごう》で呼《よ》んでいるんでしょ？　私《わたし》は『2291』よね？」

声《こえ》を震《ふる》わせた境子《きょうこ》は、ギュッと拳《こぶし》を握《にぎ》った。

「じゃあ彼《かれ》は何番《なんばん》なの!?」

振《ふ》り返《かえ》った境子《きょうこ》の目《め》から涙《なみだ》があふれていた。

「橘境子《たちばなきょうこ》」

安室《あむろ》が名前《なまえ》を呼《よ》んだ。

「あなたを公安警察《こうあんけいさつ》の『協力者《きょうりょくしゃ》』から解放《かいほう》する。――いいな、風見《かざみ》」

「違法《いほう》な作業《さぎょう》は自《みずか》らカタをつけなきゃならない。それが公安《こうあん》でしたね」

風見《かざみ》はそう言《い》うと警察手帳《けいさつてちょう》のメモを破《やぶ》り、境子《きょうこ》に差《さ》し出《だ》した。

「羽場《はば》はここにいる。あなたはもう自由《じゆう》だ。彼《かれ》に会《あ》いたいなら我々《われわれ》は止《と》めない」

バシッ。風見《かざみ》の手《て》が振《ふ》り払《はら》われてメモが宙《ちゅう》を舞《ま》った。

「思《おも》い上《あ》がるな！　アンタの『協力者《きょうりょくしゃ》』になったのも私《わたし》の判断《はんだん》！　アンタを裏切《うらぎ》ったのも私《わたし》の判断《はんだん》！　彼《かれ》を愛《あい》したのも私《わたし》の判断《はんだん》！　私《わたし》の人生全《じんせいすべ》てを……アンタたちが操《あやつ》っていたなんて思《おも》わないで‼」

境子《きょうこ》は泣《な》きながら激《はげ》しく否定《ひてい》した。公安《こうあん》の手《て》で転《ころ》がされた人生《じんせい》を、決《けっ》して認《みと》めたくなかったのだ。

「さよなら」

はき捨《す》てるように言《い》うと、境子《きょうこ》はヘリポートを下《お》りていった。

『境子《きょうこ》……』

コナンが持《も》ったスマホの中《なか》の羽場《はば》は涙《なみだ》を流《なが》してうつむいた。

やがて画面《がめん》が真《ま》っ暗《くら》になった。羽場《はば》がビデオ通話《つうわ》を切《き》ったのだ。

安室《あむろ》は背《せ》を向《む》けた風見《かざみ》に話《はな》しかけた。

「どんなに憎《にく》まれようと、最後《さいご》まで彼女《かのじょ》を守《まも》れ。それが――」

「我々公安《われわれこうあん》です」

振《ふ》り返《かえ》った風見《かざみ》は、駆《か》け出《だ》した。安室《あむろ》とコナンは、境子《きょうこ》を追《お》いかけていく風見《かざみ》の後《うし》ろ姿《すがた》を見送《みおく》った。

「君《きみ》のおかげで、日本《にっぽん》を貶《おとし》めるテロリストを逮捕《たいほ》できた」

「いつ、テロだと思《おも》ったの？」

コナンがたずねると、安室《あむろ》は「君《きみ》の推理《すいり》どおりだ」と答《こた》えた。

「あの日《ひ》……国際会議場《こくさいかいぎじょう》を点検中《てんけんちゅう》に、ガス栓《せん》にネットでアクセスできることを知《し》った。それを使《つか》った爆破《ばくは》テロの可能性《かのうせい》を考《かんが》え、公安鑑識《こうあんかんしき》に指示《しじ》していたとき、爆発《ばくはつ》に巻《ま》き込《こ》まれた。だが、現場《げんば》の状況《じょうきょう》から事故《じこ》で処理《しょり》される可能性《かのうせい》もあった」

「それで容疑者《ようぎしゃ》を作《つく》ったんだね」

容疑者《ようぎしゃ》として選《えら》ばれたのが、小五郎《こごろう》だったのだ。

「その容疑者《ようぎしゃ》をできるだけ早《はや》く警察《けいさつ》から、公安《こうあん》の言《い》いなりになる公安検察《こうあんけんさつ》に移《うつ》したかった」

「だから境子先生《きょうこせんせい》を弁護士《べんごし》として送《おく》り込《こ》み、事故《じこ》の線《せん》を潰《つぶ》したところで、小五郎《こごろう》おじさんを解放《かいほう》した」

「すごいね、君《きみ》は。全《すべ》ての謎《なぞ》を解《と》く」

安室《あむろ》は恐《おそ》れ入《い》ったと言《い》わんばかりに両腕《りょううで》を上《あ》げた。

「いや。まだ解《と》けてない謎《なぞ》がある。それは……」

「ケータイ」

安室《あむろ》がコナンのスマホを指差《ゆびさ》した。「さっきからずっと光《ひか》ってるよ」

スマホを見《み》ると、蘭《らん》からの着信《ちゃくしん》があった。伝言《でんごん》メモも入《はい》っている。

コナンは安室《あむろ》から離《はな》れて、伝言《でんごん》メモを聞《き》いた。

『あ、新一《しんいち》？　今《いま》、〈エッジ・オブ・オーシャン〉のカジノタワーに避難《ひなん》してる。この留《る》守《す》電《でん》聞《き》いたら電話《でんわ》して』

すると安室《あむろ》にも電話《でんわ》がかかってきて「はい」とイヤホンを耳《みみ》で押《お》さえた。

「……何《なに》⁉　カプセルが⁉」

安室《あむろ》の不穏《ふおん》な声《こえ》に、コナンは嫌《いや》な予感《よかん》がして振《ふ》り返《かえ》った。

危機管理《ききかんり》センターの大型《おおがた》スクリーンにはカプセルの新《あら》たな落下予測地点《らっかよそくちてん》が映《うつ》し出《だ》され、担当参事官《たんとうさんじかん》が説明《せつめい》した。

「原因《げんいん》不明《ふめい》の爆発《ばくはつ》により、このままでは東京湾《とうきょうわん》の埋立地《うめたてち》に落下《らっか》します」

「その埋立地《うめたてち》の一《ひと》つには、三万人《さんまんにん》が避難《ひなん》している〈エッジ・オブ・オーシャン〉がありま
す！」

環境大臣《かんきょうだいじん》の言葉《ことば》に一同《いちどう》がざわつき、防衛大臣《ぼうえいだいじん》が立《た》ち上《あ》がった。

「もう迎撃《げいげき》はできません！」

別《べつ》のスクリーンに映《うつ》る定点観測映像《ていてんかんそくえいぞう》では、埋立地《うめたてち》に繋《つな》がる二本《にほん》の橋《はし》に車《くるま》のライトの光《ひかり》が延々《えんえん》と連《つら》なっていた。

9

カプセルの新《あら》たな落下予測地点《らっかよそくちてん》が東京湾《とうきょうわん》の埋立地《うめたてち》だと判明《はんめい》し、警察《けいさつ》はカジノタワーに避《ひ》難《なん》していた人々《ひとびと》を急遽《きゅうきょ》、別《べつ》の場所《ばしょ》へ移動《いどう》させることになった。

「ゆっくりでいいです」

「まだ時間《じかん》はあります！」

高木《たかぎ》と佐藤《さとう》はカジノタワー近《ちか》くにあるショッピングモールの二階《にかい》から必死《ひっし》で誘導《ゆうどう》していた。が、皆《みな》パニック状態《じょうたい》で聞《き》く耳《みみ》を持《も》たず、出口《でぐち》は詰《つ》めかけた人《ひと》で大混乱《だいこんらん》になっている。

大型輸送車《おおがたゆそうしゃ》が停《と》められた駐車場《ちゅうしゃじょう》にも人《ひと》だかりができていて、我先《われさき》に乗《の》り込《こ》もうと押《お》し合《あ》いになっていた。

「皆《みな》さん、落《お》ち着《つ》いてください！　来《き》たときと同様《どうよう》、必《かなら》ず全員《ぜんいん》乗《の》れるはずです！」

パトカーの前《まえ》で目暮《めぐれ》が拡声器《かくせいき》で呼《よ》びかけていると、千葉《ちば》が人波《ひとなみ》をかきわけてやってきた。

「警部《けいぶ》。情報《じょうほう》が錯綜《さくそう》して、一般車両《いっぱんしゃりょう》がこっちに避難《ひなん》しています」

「何《なに》!?」

「二本《にほん》しかない橋《はし》が大渋滞《だいじゅうたい》です！」

そのとき。ウォーーン……と不気味《ぶきみ》なサイレンが鳴《な》り響《ひび》いた。

それは国民保護《こくみんほご》サイレンだった。

不協和音《ふきょうわおん》がうなるようなサイレンは、避難者《ひなんしゃ》たちの恐怖心《きょうふしん》をいっそう煽《あお》った。

蘭《らん》たちが避難《ひなん》していたカジノタワーもエレベーターに人《ひと》が殺到《さっとう》し、定員《ていいん》オーバーのブザーが鳴《な》っていた。

「降《お》りろ！」「出《で》ろ！」

手前《てまえ》に乗《の》っていた人《ひと》たちが押《お》し出《だ》されて、ドアが閉《と》じる。

「マズイな、こりゃ……パニックになってやがる」

ブラックジャックテーブルの前《まえ》に蘭《らん》たちと集《あつ》まっていた小五郎《こごろう》は、人《ひと》が押《お》し寄《よ》せているエレベーターホールを見《み》て眉《まゆ》をひそめた。

園子《そのこ》と寄《よ》り添《そ》うように立《た》っていた蘭《らん》は、不安《ふあん》そうに窓《まど》を振《ふ》り返《かえ》った。

（……新一《しんいち》……）

コナンは蘭《らん》に電話《でんわ》をかけながら警視庁《けいしちょう》の階段《かいだん》を駆《か》け下《お》りた。

「クソッ！　ダメだ。蘭《らん》に連絡《れんらく》がつかねぇ！」

先《さき》に下《お》りていた安室《あむろ》が立《た》ち止《ど》まり、コナンを振《ふ》り返《かえ》る。

「どうする？　時間《じかん》がないぞ」

「安室《あむろ》さん。今度《こんど》はボクの『協力者《きょうりょくしゃ》』になってもらうよ！」

「⁉」

これはヤバイことになりそうだ——安室《あむろ》は引《ひ》きつり気味《ぎみ》の笑《え》みを浮《う》かべた。

警視庁周辺《けいしちょうしゅうへん》の高速道路《こうそくどうろ》はガラガラで、RX《アールエックス》-7《セブン》は猛《もう》スピードで走《はし》った。ときおり事故車両《じこしゃりょう》が路上《ろじょう》に停《と》まっていたが、安室《あむろ》はスピードを緩《ゆる》めることなく、ギリギリのところを通過《つうか》していく。

「この先《さき》は渋滞《じゅうたい》だよ！」

助手席《じょしゅせき》でスマホを見《み》ていたコナンが叫《さけ》んだ。

「避難誘導《ひなんゆうどう》がうまくいってないのか？」

少《すこ》し先《さき》で二台《にだい》のトラックが並《なら》んで走《はし》っていた。

安室《あむろ》は一気《いっき》に追《お》いつくと路肩《ろかた》に飛《と》び出《だ》し、スピードを上《あ》げたまま後輪《こうりん》を滑《すべ》らせてカーブを曲《ま》がった。ドリフトを繰《く》り返《かえ》しながらどんどん先行車《せんこうしゃ》を追《お》い抜《ぬ》いていく。

安室《あむろ》はカーナビの画面《がめん》をチラリと見《み》た。この先《さき》、高速道路《こうそくどうろ》はモノレール・ゆりかもめの高架《こうか》をよけるように右《みぎ》に大《おお》きくカーブし、高架《こうか》と並行《へいこう》して埋立地《うめたてち》まで続《つづ》いていた。カーブを曲《ま》がったところから渋滞《じゅうたい》を示《しめ》すラインが明滅《めいめつ》している――。

安室《あむろ》はニヤリと微笑《ほほえ》むと、アクセルをさらに踏《ふ》み込《こ》んだ。スピードメーターの針《はり》が百八十《ひゃくはちじっ》キロを超《こ》えて振《ふ》り切《き》る。助手席《じょしゅせき》のコナンはシートベルトを締《し》め直《なお》した。

「！」

安室《あむろ》はカーブを曲《ま》がった渋滞《じゅうたい》の後尾《こうび》にいるキャリアカーを見《み》つけた。車両《しゃりょう》は積《つ》んでおらず、その荷台《にだい》は斜《なな》めになったままだ。さらに高速道路《こうそくどうろ》と並行《へいこう》する高架《こうか》をゆりかもめが走《はし》ってくるのが見《み》える。

猛《もう》スピードで直線道路《ちょくせんどうろ》を駆《か》け抜《ぬ》けた安室《あむろ》は急《きゅう》ハンドルを切《き》った。左《ひだり》のタイヤが浮《う》いて片輪走行《かたりんそうこう》で渋滞《じゅうたい》に突《つ》っ込《こ》んだＲＸ《アールエックス》－７《セブン》は、車《くるま》の間《あいだ》をすり抜《ぬ》け、キャリアカーの荷台《にだい》を猛《もう》スピードで駆《か》け上《あ》がって大《おお》きくジャンプした。側壁《そくへき》を越《こ》え、ゆりかもめの車両《しゃりょう》の上《うえ》に着地《ちゃくち》する

――。

さらに、ゆりかもめの上を走《はし》ったＲＸ《アールエックス》‐７《セブン》は、反対方向《はんたいほうこう》の走行路《そうこうろ》に飛《と》び降《お》りた。ガァン！　という大《おお》きな音《おと》と共《とも》にコナンの体《からだ》が大《おお》きくバウンドする。首都高《しゅとこう》の渋滞《じゅうたい》は、東京湾《とうきょうわん》に架《か》かる橋《はし》の先《さき》までずっと続《つづ》いていた。ＲＸ《アールエックス》‐７《セブン》は渋滞《じゅうたい》で進《すす》まない首都高《しゅとこう》を尻目《しりめ》に、猛《もう》スピードでゆりかもめの走行路《そうこうろ》を走《はし》っていった。

開《ひら》いたパラシュートは爆発《ばくはつ》の影響《えいきょう》でところどころ破損《はそん》していて、カプセルは暗闇《くらやみ》の中《なか》を猛《もう》スピードで落下《らっか》していた。

すると突然《とつぜん》、パラシュートのラインが一本《いっぽん》切《き》れた。バランスを崩《くず》したパラシュートは次々《つぎつぎ》とラインが切《き》れて、傘《かさ》を失《うしな》ったカプセルは弾丸《だんがん》のごとく落《お》ちていった。

ＲＸ《アールエックス》‐７《セブン》が橋《はし》を渡《わた》り始《はじ》めると、コナンは窓《まど》を開《あ》けて顔《かお》を出《だ》した。メガネのズームボタンを押《お》して埋立地《うめたてち》の方《ほう》を見《み》る。

（あれがカジノタワーか）

さまざまな建物《たてもの》が建《た》ち並《なら》ぶ中《なか》、ひときわ高《たか》いらせんモチーフのタワーが見《み》えた。

『降谷《ふるや》さん！』

スピーカーから風見《かざみ》の声《こえ》が聞《き》こえて、コナンは頭《あたま》を引《ひ》っ込《こ》めた。カーナビの画面《がめん》にはハンズフリー通話中《つうわちゅう》の表示《ひょうじ》があった。風見《かざみ》から電話《でんわ》がかかってきたのだ。

『カプセルのパラシュートが外《はず》れて加速《かそく》しています！』

「!!　それで？」

『NAZU《ナズ》から予測落下地点《よそくらっかちてん》が出《で》ました！　このままじゃ、あと五分《ごふん》でカジノタワーに落下《らっか》します！』

まさか――コナンは耳《みみ》を疑《うたが》った。カジノタワーには蘭《らん》たちがいる――！

「蘭《らん》……！」

『データを転送《てんそう》します！』

電話《でんわ》が切《き》れて、コナンはすぐにスマホを見《み》た。

「クソッ！　どうする！　どうする!?」

必死《ひっし》で考《かんが》えを巡《めぐ》らせようとしたとき――視界《しかい》の片隅《かたすみ》に光《ひか》るものが見《み》えた。

「！」それは前方《ぜんぽう》から走《はし》ってくるゆりかもめのヘッドライトだった。

「安室《あむろ》さん！」

安室《あむろ》は窓《まど》から顔《かお》を出《だ》したコナンの襟首《えりくび》をつかみ、座席《ざせき》に引《ひ》き戻《もど》した。

「しっかりつかまってるんだ！」

「安室《あむろ》さん！　どうするの⁉」

このままでは正面衝突《しょうめんしょうとつ》してしまう——コナンが運転席《うんてんせき》を見《み》ると、ハンドルを握《にぎ》った安室《あむろ》は覚悟《かくご》を決《き》めた笑《え》みを浮《う》かべていた。

えっ、と驚《おどろ》いた瞬間《しゅんかん》、安室《あむろ》はシフトチェンジしてアクセルを思《おも》い切《き》り踏《ふ》み込《こ》んだ。

マフラーから火《ひ》を噴《ふ》いて走《はし》るＲＸ《アールエックス》‐７《セブン》にゆりかもめが迫《せま》り、コナンの目《め》にヘッドライトが眩《まぶ》しく映《うつ》る。

ぶつかる——コナンは思《おも》わず目《め》を閉《と》じた。

するとＲＸ《アールエックス》‐７《セブン》は正面衝突《しょうめんしょうとつ》する寸前《すんぜん》でゆりかもめの左側《ひだりがわ》に回《まわ》り込《こ》み、片輪《かたりん》で側壁《そくへき》の上《うえ》を走《はし》った。

「ここだっ‼」

安室《あむろ》はハンドルを思《おも》い切《き》り左《ひだり》に切《き》った。側壁《そくへき》からダイブしたＲＸ《アールエックス》‐７《セブン》は、すぐ下《した》を通《とお》る別《べつ》の走行路《そうこうろ》に着地《ちゃくち》した。その後《うし》ろから、別《べつ》のゆりかもめが迫《せま》ってくる——！

「くっ！」

安室《あむろ》はすばやくRX《アールエックス》－7《セブン》の体勢《たいせい》を立《た》て直《なお》すと、アクセルを踏《ふ》み込《こ》んだ。衝突寸前《しょうとつすんぜん》のところでRX《アールエックス》－7《セブン》が加速《かそく》して、ゆりかもめを引《ひ》き離《はな》していく。

コナンは冷《ひ》や汗《あせ》をぬぐって息《いき》をついた。

「死《し》ぬかと思《おも》ったぜ。にしてもスゲェな……」

「で、どうする？」

安室《あむろ》に言《い》われて我《われ》に返《かえ》ったコナンは「待《ま》って！」とスマホを操作《そうさ》した。高層《こうそう》ビルを検索《けんさく》して次々《つぎつぎ》と見《み》ていく。

「この建築中《けんちくちゅう》のビルに向《む》かって！」

と向《む》けたスマホの画面《がめん》には、爆破《ばくは》された国際会議場《こくさいかいぎじょう》の写真《しゃしん》が映《うつ》っていた。ニュースサイトに掲載《けいさい》されたものだ。黒煙《こくえん》が立《た》ち昇《のぼ》る国際会議場《こくさいかいぎじょう》の脇《わき》に建築中《けんちくちゅう》のビルがある。

「よし！」

コナンの意図《いと》を瞬時《しゅんじ》に理解《りかい》した安室《あむろ》はニヤリと微笑《ほほえ》み、猛《もう》スピードで車《くるま》を走《はし》らせた。

カジノタワーの中心《ちゅうしん》にあるエレベーターの前《まえ》には、まだ多《おお》くの人《ひと》が残《のこ》っていた。エレベーターはひっきりなしに行《い》き来《き》しているが、如何《いかん》せん人《ひと》が多《おお》すぎてなかなか進《すす》まないのだ。

エレベーターを待《ま》つ列《れつ》に並《なら》んだ小五郎《こごろう》は、蘭《らん》たちを守《まも》るように立《た》っていた。

「お前《まえ》ら、離《はな》れるなよ」

「うん」

先《さき》を争《あらそ》ってエレベーターに乗《の》ろうとする人《ひと》たちを、警察官《けいさつかん》が「落《お》ち着《つ》いてください」と必死《ひっし》に誘導《ゆうどう》している。

「大変《たいへん》なことになっちゃったわね……」

エレベーターに群《むら》がる人《ひと》たちを見《み》て、英理《えり》はぽつりとつぶやいた。

〈エッジ・オブ・オーシャン〉に到着《とうちゃく》した安室《あむろ》の車《くるま》は、建設中《けんせつちゅう》のビルに向《む》かった。そして資材運搬用《しざいうんぱんよう》エレベーターに車《くるま》ごと乗《の》り込《こ》む。

エレベーターが上昇《じょうしょう》する中《なか》、コナンは安室《あむろ》から転送《てんそう》されたNAZU《ナズ》のデータをスマホでチェックした。さらに〈エッジ・オブ・オーシャン〉の公式《こうしき》サイトでカジノタワーの詳細《しょうさい》ページを見《み》る。

「間《ま》に合《あ》うのか？」

「このビルの高《たか》さと、カジノタワーまでの距離《きょり》を考《かんが》えると……あと一分後《いっぷんご》にここから加速《かそく》できれば……」

コナンはそう言《い》って、スマホのタイマーを一分《いっぷん》でセットした。スタートをタップすると、カウントダウンが始《はじ》まる。

（一《いち》か八《ばち》か……頼《たの》む！　間《ま》に合《あ》ってくれ……!!）

「……蘭《らん》……！」

気《き》づいたら、コナンはしぼり出《だ》すような声《こえ》でその名前《なまえ》をつぶやいていた。安室《あむろ》が視線《しせん》を向《む》ける。

「何《なに》？」

「……愛《あい》の力《ちから》は偉大《いだい》だな」

「え？」

コナンは思《おも》わず間《ま》の抜《ぬ》けた声《こえ》を漏《も》らした。

こんなときに何《なに》を言《い》い出《だ》すんだ——怪訝《けげん》そうに安室《あむろ》を見《み》ていると、資材運搬用《しざいうんぱんよう》エレベーターが最上階《さいじょうかい》に着《つ》いた。

安室《あむろ》はエレベーターから出《で》て左《ひだり》に曲《ま》がったところで車《くるま》を停《と》めた。ヘッドライトが真《ま》っ暗《くら》なフロアを照《て》らす。まだ建設途中《けんせつとちゅう》のフロアは壁《かべ》がなく、鉄骨《てっこつ》がむき出《だ》しになったところにネットが張《は》ってあるだけで、太《ふと》い柱《はしら》が等間隔《とうかんかく》に並《なら》んでいた。

ドドドド……とRX《アールエックス》－7《セブン》のエンジン音《おん》が低《ひく》く響《ひび》く中《なか》、コナンはメガネとスマホをチェックした。

「……前《まえ》から聞《き》きたかったんだけど、安室《あむろ》さんって彼女《かのじょ》いるの？」

安室《あむろ》は少《すこ》し考《かんが》えて、フン、と鼻《はな》をこすった。そして右手《みぎて》をハンドルに柔《やわ》らかくそえて、左手《ひだりて》でギアを優《やさ》しく包《つつ》む。

「僕《ぼく》の恋人《こいびと》は……この国《くに》さ」

ニヤリと微笑《ほほえ》む安室《あむろ》を見《み》て、コナンはポアロの前《まえ》で安室《あむろ》に言《い》われたことを思《おも》い出《だ》した。

『僕《ぼく》には、命《いのち》に代《か》えても守《まも》らなくてはならないものがあるからさ』

私立探偵《しりつたんてい》、公安警察《こうあんけいさつ》、黒《くろ》ずくめの組織《そしき》の一員《いちいん》――三《トリプルフェイス》つの顔を持《も》つこの男《おとこ》は、コナンとはまた違《ちが》う場所《ばしょ》で、戦《たたか》っているのだ。

安室《あむろ》はブレーキを踏《ふ》んだ右足《みぎあし》のかかとでアクセルを踏《ふ》み込《こ》んだ。RX《アールエックス》－7《セブン》の後輪《こうりん》だけがギャギャギャギャ……と悲鳴《ひめい》を上《あ》げて空転《くうてん》する。

コナンはメガネを操作《そうさ》してレンズにカウンターを表示《ひょうじ》した。

「行《い》くよ……安室《あむろ》さん！」

「一《いち》ミリでもいい。ずらせるか？」

「そのつもりさ。――五《ご》！」

コナンがカウントダウンを始《はじ》めた。

「四《よん》、三《さん》」

空転《くうてん》した後輪《こうりん》から大量《たいりょう》の煙《けむり》がもうもうと立《た》ち昇《のぼ》り、

「二《に》、一《いち》」

じっと前《まえ》を見据《みす》えた安室《あむろ》がチラリと舌《した》をのぞかせる。

「ゼロ――‼」

コナンと安室《あむろ》が叫《さけ》ぶと同時《どうじ》に、車《くるま》が飛《と》び出《だ》した。一直線《いっちょくせん》に伸《の》びたフロアを突《つ》き進《すす》む。

猛《もう》スピードで車《くるま》を走《はし》らせながら、安室《あむろ》は一瞬《いっしゅん》左《ひだり》を見《み》た。左手奥《ひだりておく》に鉄骨《てっこつ》の大《おお》きな階段《かいだん》がある――。

「ダメだ！　高《たか》さが足《た》りない‼」

「上等《じょうとう》だ！」

安室《あむろ》はスピードを上《あ》げたまま後輪《こうりん》を滑《すべ》らせて右《みぎ》に曲《ま》がった。すると積《つ》んであった木材《もくざい》に突《つ》っ込《こ》み、木材《もくざい》が車内《しゃない》に飛《と》び込《こ》んできた。さらにボンネットから炎《ほのお》が上《あ》がり、火《ひ》の粉《こ》が流《なが》れ込《こ》んでくる。

RX《アールエックス》‐7《セブン》は資材《しざい》を蹴《け》散《ち》らしながら何度《なんど》も方向転換《ほうこうてんかん》して、奥《おく》のフロアに向《む》かった。

コナンがすばやくキック力増強《りょくぞうきょう》シューズのダイヤルを回《まわ》す。飛《と》び込《こ》んだフロアには、安《あ》室《むろ》が発進直後《はっしんちょくご》に見《み》た鉄骨《てっこつ》の大《おお》きな階段《かいだん》があった。

猛《もう》スピードで階段《かいだん》に向《む》かう中《なか》、コナンは外《はず》したシートベルトを左手首《ひだりてくび》に巻《ま》きつけて固定《こてい》した。

階段《かいだん》を一気《いっき》に駆《か》け上《あ》がったRX《アールエックス》‐7《セブン》は大《おお》きくジャンプし、コンクリート壁《へき》を突《つ》き破《やぶ》って飛《と》び出《だ》した。車外《しゃがい》に飛《と》び出《だ》したコナンは左手首《ひだりてくび》に巻《ま》いたシートベルトをつかみ、右手《みぎて》でベルトの射出《しゃしゅつ》ボタンを押《お》した。バックルから飛《と》び出《だ》したサッカーボールをキック力増強《りょくぞうきょう》シューズで思《おも》い切《き》り蹴《け》る――！

「行《い》っけえええええ――!!」

エンジンが爆発《ばくはつ》して大《おお》きな炎《ほのお》が噴《ふ》き出《だ》した。炎《ほのお》の中《なか》から飛《と》び出《だ》したボールは夜空《よぞら》を一直《いっちょく》線《せん》に突《つ》き進《すす》み、高速《こうそく》で落下《らっか》するカプセルに迫《せま》る――。

巨大《きょだい》な二《ふた》つの物体《ぶったい》が激突《げきとつ》した瞬間《しゅんかん》——夜空《よぞら》に鮮明《せんめい》な光《ひかり》が放射状《ほうしゃじょう》に広《ひろ》がった。

カジノタワーの上空《じょうくう》に、大輪《たいりん》の花火《はなび》が咲《さ》く。


カジノタワーのエレベーターホールでは、詰《つ》め寄《よ》せていた人々《ひとびと》がパニックになってなだれのように動《うご》き出《だ》した。その人《ひと》なだれに蘭《らん》が押《お》されて、小五郎《こごろう》たちから離《はな》れていく。

「お父《とう》さ——ん!!」

「蘭《らん》!」


(……蘭《らん》……!!)

爆炎《ばくえん》の中《なか》を落《お》ちていきながら、コナンは強《つよ》く想《おも》った。

その瞬間《しゅんかん》、車《くるま》から飛《と》び出《だ》してきた安室《あむろ》がコナンの襟首《えりくび》を宙《ちゅう》でつかんで抱《だ》き寄《よ》せた。同時《どうじ》に拳銃《けんじゅう》をかまえて国際会議場《こくさいかいぎじょう》の大屋根《おおやね》を囲《かこ》むガラスの壁《かべ》に銃弾《じゅうだん》を放《はな》つ。

ダンッ、ダンッ、ダンッ——。

コナンを抱《かか》えた安室《あむろ》はヒビが入《はい》ったガラスに飛《と》び込《こ》んだ。

「ぐっ!」

割《わ》れたガラスが安室《あむろ》の肩《かた》を裂《さ》き、鮮血《せんけつ》が飛《と》び散《ち》る。

傾斜《けいしゃ》したガラス張《ば》りの大屋根《おおやね》に着地《ちゃくち》した二人《ふたり》は、そのまま滑《すべ》り落《お》ちていった。

爆発《ばくはつ》で軌道《きどう》を変《か》えたカプセルは、カジノタワーの展望台《てんぼうだい》の端《はし》に直撃《ちょくげき》し、展望台《てんぼうだい》の下端《かたん》とタワーを取《と》り巻《ま》くように張《は》られたワイヤーの一本《いっぽん》を破壊《はかい》した。そしてその先《さき》の海面《かいめん》に着水《ちゃくすい》し、巨大《きょだい》な水柱《みずばしら》が立《た》ち昇《のぼ》る。

切《き》れたワイヤーが高《たか》く飛《と》び跳《は》ね、猛烈《もうれつ》なスピードで他《ほか》のワイヤーに巻《ま》き付《つ》いた。引《ひ》っ張《ぱ》られたワイヤーが揺《ゆ》れて地面《じめん》から抜《ぬ》けたかと思《おも》うと、避難者《ひなんしゃ》が集《あつ》まっていたタワー前《まえ》の広《ひろ》場《ば》を飛《と》び越《こ》え、無人《むじん》のコンビニに落《お》ちた。

国際会議場《こくさいかいぎじょう》の大屋根《おおやね》に滑《すべ》り落《お》ちたコナンは、起《お》き上《あ》がるとすぐにメガネのレンズをズームアップしてカジノタワーを見《み》た。

展望台《てんぼうだい》の下端《かたん》とワイヤーが何本《なんぼん》か切《き》れて煙《けむり》が出《で》ていたが、おそらく中《なか》にいる人《ひと》たちは無《ぶ》事《じ》だろう。

フゥ……と息《いき》をついて、床《ゆか》についた手《て》を見《み》る。

「ん？」

手《て》には血《ち》がついていた。

「後《あと》はこっちで処理《しょり》する。君《きみ》もすぐに行《い》くんだ」

振《ふ》り返《かえ》ると、ガラス張《ば》りの大屋根《おおやね》に左肩《ひだりかた》を押《お》さえた安室《あむろ》が立《た》っていた。周囲《しゅうい》にはガラス片《へん》が散乱《さんらん》し、血《ち》が点々《てんてん》と広《ひろ》がっている。

「まだ謎《なぞ》は解《と》けてないよ」

立《た》ち上《あ》がったコナンは、安室《あむろ》と向《む》き合《あ》った。

「どうして小五郎《こごろう》のおじさんを巻《ま》き込《こ》んだの？」

安室《あむろ》はフッと口《くち》の端《はし》を持《も》ち上《あ》げた。

「……僕《ぼく》は立場上《たちばじょう》、公《おおやけ》に捜査《そうさ》できないし、彼《かれ》を事件《じけん》に巻《ま》き込《こ》めば君《きみ》は必然的《ひつぜんてき》に『協力者《きょうりょくしゃ》』になる」

「！」

「そうすれば、君《きみ》の本気《ほんき》の力《ちから》が借《か》りられるだろ？」

安室《あむろ》は苦々《にがにが》しく笑《わら》いつつも、その表情《ひょうじょう》はどこか晴《は》れ晴《ば》れとしていた。

「……買《か》いかぶりすぎだよ」

コナンも肩《かた》をすくめて苦笑《にがわら》いした。

二人《ふたり》はしばし無言《むごん》のまま見《み》つめ合《あ》うと、背中《せなか》を向《む》けて別々《べつべつ》の方向《ほうこう》に歩《ある》き出《だ》した。

いつの間《ま》にか雲《くも》が去《さ》り、空《そら》にはこうこうと輝《かがや》く月《つき》が出《で》て、誰《だれ》もいなくなった大屋根《おおやね》を照《て》らした。

10

休日《きゅうじつ》の昼間《ひるま》。小五郎《こごろう》はリビングでテレビを見《み》ていた。ワイドショーで日下部《くさかべ》が逮捕《たいほ》されたニュースが流《なが》れていて、小五郎《こごろう》は忌々《いまいま》しそうにチャンネルを替《か》えた。特《とく》に見《み》たい番組《ばんぐみ》があるわけでもなく、次々《つぎつぎ》とチャンネルを替《か》えていく。

すると、キッチンから英理《えり》が料理《りょうり》をお盆《ぼん》に載《の》せて出《で》てきた。

今日《きょう》は別居中《べっきょちゅう》の英理《えり》が久々《ひさびさ》に家《いえ》に来《き》て、手料理《てりょうり》を振《ふ》る舞《ま》ってくれるらしい。コナンは阿笠博士《あがさはかせ》の家《いえ》に遊《あそ》びにいっていて、家族水入《かぞくみずい》らずで過《す》ごす休日《きゅうじつ》になった。

携帯電話《けいたいでんわ》を持《も》った蘭《らん》も部屋《へや》から出《で》てきた。

『おっちゃんとオメーが無事《ぶじ》でよかったよ！　連絡《れんらく》ありがとな!!　新一《しんいち》』

相変《あいか》わらず短《みじか》いメールに、蘭《らん》は苦笑《にがわら》いして携帯電話《けいたいでんわ》を閉《と》じる。

小五郎《こごろう》はリモコンをテレビに向《む》けながら、座卓《ざたく》に料理《りょうり》を並《なら》べている英理《えり》を横目《よこめ》で見《み》た。

そのキレイな顔《かお》につい見《み》とれていると、突然《とつぜん》、英理《えり》が顔《かお》を上《あ》げて目《め》が合《あ》った。

「なあに？」

「あ、いや、その……」

小五郎《こごろう》は照《て》れ隠《かく》しに慌《あわ》てて料理《りょうり》をつまんで口《くち》に入《い》れた。とたんに、あまりのまずさにみるみるうちに顔色《かおいろ》が悪《わる》くなり、ブウッ！　と吐《は》き出《だ》す。

蘭《らん》が、あっと思《おも》ったときは遅《おそ》かった。二人《ふたり》は言《い》い合《あ》いになり、罵詈雑言《ばりぞうごん》が飛《と》び交《か》った。

「こんなもん食《く》えるか！」

「なんですって〜〜〜!?」

キレた英理《えり》は、お盆《ぼん》を小五郎《こごろう》の頭《あたま》に振《ふ》り下《お》ろした。

思《おも》わず目《め》をつぶってしまった蘭《らん》がおそるおそる目《め》を開《あ》けると、気絶《きぜつ》した小五郎《こごろう》の頭《あたま》には大《おお》きなたんこぶができていた。

そのとき、ピンポーンとチャイムが鳴《な》った。

「はーい」

玄関《げんかん》に向《む》かった蘭《らん》がドアを開《あ》ける。

するとそこには——エプロン姿《すがた》の安室《あむろ》が立《た》っていた。

「こんにちは」

屈託《くったく》のない笑顔《えがお》を向《む》ける安室《あむろ》が持《も》つトレイには、ハムサンドとピンク色《いろ》のスープが載《の》っていた。

阿笠邸《あがさてい》のリビングでは、子供《こども》たちがソファに座《すわ》ってテレビを見《み》ていた。コナンはキッチンでスマホを見《み》ている灰原《はいばら》の横《よこ》に立《た》った。

灰原《はいばら》はスマホでニュース番組《ばんぐみ》を見《み》ていた。

『〈犯罪《はんざい》の手引書《てびきしょ》〉のような警察《けいさつ》の捜査資料《そうさしりょう》に感化《かんか》された——そんな異常《いじょう》な動機《どうき》で一連《いちれん》のテロを起《お》こした元検察官《もとけんさつかん》・日下部誠《くさかべまこと》容疑者《ようぎしゃ》に対《たい》し、警視庁《けいしちょう》は余罪《よざい》を含《ふく》め、さらなる取《と》り調《しら》べをすると発表《はっぴょう》しました』

「動機《どうき》から公安《こうあん》が消《き》えたわね」

灰原《はいばら》はワンセグを切《き》ってスマホをポケットにしまった。

「それがきっと、公安警察《こうあんけいさつ》の判断《はんだん》だ」

コナンはそう言《い》うと、子供《こども》たちが見《み》ている番組《ばんぐみ》に目《め》を向《む》けた。ちょうど〈はくちょう〉カプセル帰還《きかん》のニュースをやっているところだ。

『無事《ぶじ》、東京湾《とうきょうわん》に着水《ちゃくすい》し、回収《かいしゅう》された探査機《たんさき》〈はくちょう〉のカプセルの中《なか》には、火星由来《かせいゆらい》の物質《ぶっしつ》が含《ふく》まれており、宇宙《うちゅう》の謎《なぞ》の解明《かいめい》に大《おお》きな期待《きたい》を持《も》てそうだと発表《はっぴょう》されました』

アナウンサーの声《こえ》と共《とも》に、カプセルの中《なか》の容器《ようき》を公開《こうかい》するNAZU《ナズ》や回収《かいしゅう》した物質《ぶっしつ》の映像《えいぞう》が流《なが》れて、子供《こども》たちはお菓子《かし》やジュースを口《くち》にしながら熱心《ねっしん》に見《み》ていた。

「すごーい」

「でもドローンで見《み》たかったですね」

「博士《はかせ》の荷物《にもつ》がなけりゃなー」

責《せ》めるような目《め》つきで見《み》られた阿笠博士《あがさはかせ》は「のほほ……」と頭《あたま》をかいて苦笑《にがわら》いした。

灰原《はいばら》が子供《こども》たちを見《み》て、フッと笑《わら》う。

「あの子《こ》たち、自分《じぶん》たちがカプセルの回収《かいしゅう》に貢献《こうけん》したとは少《すこ》しも思《おも》ってないようね」

「ああ。しかも日本《にっぽん》の危機《きき》を救《すく》ったんだ。ホントにスゴイ奴《やつ》らだよ」

コナンは心《こころ》の底《そこ》からそう思《おも》った。子供《こども》たちがドローンを操作《そうさ》してくれたおかげで、蘭《らん》たちも助《たす》かったし、カプセルも無事回収《ぶじかいしゅう》できたのだ。

「よーし、オレらも博士《はかせ》のドローンで火星探索《かせいたんさく》しようぜ！」

「いいですね、それ！」

「やろやろ！」

「博士《はかせ》、新《あたら》しいのつくってくださいよ！」

「もっとデッカイのつくってくれよ！」

子供《こども》たちにお願《ねが》いされた阿笠博士《あがさはかせ》はまんざらでもないようで、フフンと得意《とくい》げにヒゲを触《さわ》った。

「頑張《がんば》ってみようかのぉ。ホッホッホッホ」

「やったぁ！」

「おっしゃ！」

「火星楽《かせいたの》しみですね〜！」

盛《も》り上《あ》がる子供《こども》たちを見《み》て灰原《はいばら》はあきれたように息《いき》を吐《は》くと、奥《おく》へ行《い》ってしまった。

（いや、そりゃ無理《むり》だって……）

コナンも苦笑《にがわら》いしながら心《こころ》の中《なか》で突《つ》っ込《こ》んだ。


〈おわり〉

Shogakukan Junior Bunko

★小学館ジュニア文庫★
名探偵コナン ゼロの執行人

2018年 4 月16日 初版第 1 刷発行
2022年 3 月19日 第 7 刷発行

著者／水稀しま
原作／青山剛昌
脚本／櫻井武晴

発行者／吉田憲生
編集人／今村愛子
編集／伊藤 澄

発行所／株式会社 小学館
〒101-8001 東京都千代田区一ツ橋２－３－１
電話 編集 03-3230-5105
販売 03-5281-3555

印刷・製本／中央精版印刷株式会社

デザイン／石沢将人＋ベイブリッジ・スタジオ
口絵構成／内野智子

★造本には十分注意しておりますが、印刷、製本など製造上の不備がございましたら、「制作局コールセンター」（フリーダイヤル0120-336-340）にご連絡ください。
（電話受付は土・日・祝休日を除く9:30～17:30）

Printed in Japan ISBN 978-4-09-231228-9